科幻星系丛书

中间人

苏　丹　著

中国科学技术出版社
·北　京·

图书在版编目（CIP）数据

中间人 / 苏丹著 . -- 北京：中国科学技术出版社，2021.10

（科幻星系丛书）

ISBN 978-7-5046-9134-7

Ⅰ. ①中… Ⅱ. ①苏… Ⅲ. ①幻想小说—小说集—中国—当代 Ⅳ. ① I247.5

中国版本图书馆 CIP 数据核字（2021）第 157901 号

策划编辑	王卫英
责任编辑	刘　今
封面设计	北京中科星河文化传媒有限公司
正文设计	中文天地
责任校对	吕传新
责任印制	徐　飞

出　　版	中国科学技术出版社
发　　行	中国科学技术出版社有限公司发行部
地　　址	北京市海淀区中关村南大街16号
邮　　编	100081
发行电话	010-62173865
传　　真	010-62173081
网　　址	http://www.cspbooks.com.cn

开　　本	720mm × 1000mm　1/16
字　　数	200千字
印　　张	16
版　　次	2021年10月第1版
印　　次	2021年10月第1次印刷
印　　刷	北京盛通印刷股份有限公司
书　　号	ISBN 978-7-5046-9134-7 / I · 59
定　　价	36.00元

培育，见证与传播

当21世纪进入20年代，以智能手机、智慧家电、高铁、5G等为代表的先进科技，渗透进社会的方方面面，融入日常生活，变得触手可及。大众的视野，随着科学家们开拓进取的脚步，或眺望150亿光年外的星辰，或探究纳米级尺度上材料的性质和应用，产生了无数关于未来的奇思妙想。曾有人说，农耕时代，武侠是成人的童话；那么在当今科技推动社会高速发展的时代，科幻就是成人的童话。每一个成年人都不由得会去幻想未来，想象科技高速发展可能带来的社会的变化，生活的变化，个人的变化，而将这些变化诉之笔端，将种种可能的未来用文字展现在我们眼前的，正是科幻作家。

这个时代，呼唤更多更好的科幻作家。

于是，由中国科学技术协会科普部支持，中国科学技术出版社有限公司、中国科普作家协会科幻创作研究基地承担的青年科幻作家创作和出版培育项目应运而生。这一项目的目的，就是为青年科幻作家提供更多更好的写作条件，从而促进他们创作出更多优秀作品，进而成长为像刘慈欣那样的科幻大家。

这些青年科幻作家散居于全国各地，有着文学梦想，关注科学前沿的每一点拓展，他们以科幻作品的形式表达对科技的思考，对人类未来命运的关注。他们的思维中闪耀着科幻的晶光，只需一个电子的触动，便生长出幻想的光波。

项目希望通过学术研讨会、经验交流活动、短期采风等多种形式，做那个触动的电子，召唤出作家心中的科幻光波，最终汇聚成宽广的光域，浸润每个触及者的心灵。

培育，是项目设立的初衷，通过线上线下结合的方式，搭建创作交流互鉴平台，鼓励青年科幻作家创作出更多更好体现中华文化精髓、传播当代中国价值观念、符合世界进步潮流的科幻精品，讲好人民群众的追梦故事，反映中国科学家精神，让大家的目光看到科技发展的最前沿，看到人类进步的最前沿，点燃他们的科学梦想。

通过培育，项目将见证一批青年科幻作家的成长，他们将拥有更多的机会出版自己的作品，拓展自己的创作领域和形式，树立个人的创作风格，最终成就自己，也为大众带来优秀的作品。

仅仅见证是不够的，项目还将充分利用中国科学技术协会和中国科学技术出版社有限公司的宣传渠道，将青年科幻作家的作品传播出去，让更多人接触到这些作品，触及作家的奇妙想象，从而受到思维的启迪，或者激发对科幻的兴趣。

为了更好地完成项目，项目第一期在全国范围内精心选拔出超过二十位青年科幻作家作为培育对象。这些作家年龄在四十五岁以内，写作或发表过三篇以上的科幻小说，至少有一篇作品获得过专业科幻奖项，如银河奖、星云奖等，似小荷才露尖尖角，只待伯乐发掘出他们的潜力。

目前，第一期项目的二十多位青年科幻作家也都创作出了精彩的作品。中国科学技术出版社有限公司首先出版了其中的四部，以便尽早将优秀作品呈现在大众面前。

这四部作品分别是阿缺的《忘忧草》，彭柳蓉的《发光的尘埃》，苏丹的《中间人》以及未末的《星际求职者》。这些作品的形式有长篇，有中短篇合集，内容涉及航天、生物、赛博朋克、宇宙文明等，题材丰富，构思巧妙，且有所创新。既有对当下社会现实的关怀，又有对人性在未知科幻情景中的剖析和检验。

小说的作者均为这些年来显示了一定实力，深具潜力的青年科幻作家。

阿缺是深度科幻迷，多次荣获全球华语科幻星云奖和中国科幻银河奖，目前发表出版字数过百万，著有《与机器人同行》《机器人间》《星海旅人》等作品。

彭柳蓉曾任科普和科幻杂志编辑，作品获得过全球华语科幻星云奖银奖，少儿星云奖金奖，“周庄杯”全国儿童文学短篇小说大赛二等奖。曾担任《科幻世界·少年版》与《科幻世界画刊·小牛顿》杂志执行副主编。少儿幻想小说《星愿大陆》系列畅销百万册，科幻小说《控虫师》已售出影视、游戏版权。

苏丹毕业于北京师范大学数学系，目前从事互联网技术工作。他的《中间人》和《十地》在豆瓣阅读征文大赛科幻组比赛中脱颖而出，令读者看到了程序员内心中刀光剑影的幻想天地。

未末毕业于广州美术学院美术教育专业，现为高中美术教师、平面设计师、青年科幻作家。未末热衷于符号学意象的推演，追求创作点子密集型和脑洞串烧型科幻作品。侧重世界观构建，对理念核心以及画面感、情节的准确把握，是未末在科幻创作中的优势。

项目还将继续推选青年科幻作家们的优秀作品，也欢迎有志于科幻作品创作的作家毛遂自荐，为中国原创科幻的繁荣兴旺贡献自己的力量。

凌晨

2021 年 9 月

目录

中间人

1

宽阔的江面在大雾之夜早已化为一片虚空，对岸的灯火隐约倒映在水中，染红了江水，染红了波涌的雾气，光波虚无缥缈，亦真亦幻。沈汉生戴上眼镜，用中指把烟头往茶楼虚掩的破窗外一弹，两点火星迸出，烟蒂划出一条弧线，飞向吊脚楼下潮湿阴冷的青石台阶。一行三人漆黑的身影正踏上石阶而来，皮靴叩击着半铺青苔的光滑石面，传出沉闷紧促的脚步声。

沈汉生将目光移回茶楼，顺手将窗户关上。茶楼里坐了六七桌，潮湿的空气中弥漫着淡淡的音乐。他跟身边的人说了两句，便起身告辞。桌边坐了几个船夫打扮的大汉，胳膊上的横肉粗糙黝黑，与这半山腰上隐匿的清静并不相称。一壶白酒，一圈牌，说说笑笑，正打得起劲。走了一个人，还是扫兴了几分。

沈汉生走到门口，将要下楼的时候，不远处的留声机正好换了一首曲子。他侧身倾听，若有所思，又舍不得走了，索性停下脚步。

海里的波浪随着我
一浪接一浪正为我高歌
光灿的海面又围着我
欢乐似在旁
心里的
愁哀不用看
全因欢乐降

一阵密集的脚步声从木头楼梯上传来，三个身着川军黑色制服的士兵冲进茶楼，没停半步，便直奔窗边那几个赤膊大汉。为首的大声喝问，对方怒目相对，紧握双拳。温情的女声，柔美的旋律，也无法拯救剑拔弩张的气氛，一场漫天大火即将不可阻止地燃起，从冰雪覆盖的群山一直烧到这千里江峡的尽头。川军士兵在楼上咒骂着，把角落都搜了个遍，仍然一无所获。那部留声机是大船从上海运来的，声音忧郁，令人驻足。旁边的窗户微微透风，夜色暗红，雾气潮暖，温润的江风正一阵阵地吹进来。

2

穿过一片浓密的竹林，经过半座废弃的绅士别院，再沿着夜里几乎难以辨识的小路翻过两三座山坡，便到了江边的另一处港湾。眼前视野开阔，水边是一排运煤的小货船，坡上与江水对峙着的，是大片层叠堆砌的青砖瓦房和吊脚木楼，黑漆漆的路上，灯火稀疏无几。沈汉生快步穿过狭窄的石板路，由于酒精的作用，还无法正常思考，但这次的巡查明显不大正常，他能感觉到，虽然可能性非常小，但也许最坏的事情已经发生。去昆明藏身的计划，必须提前执行，否则就来不及了。

推开家门，沈汉生闭上眼沉吟片刻，明显感觉网络连接略显迟滞，他站在门口犹豫了一下，试了几条备线，又感觉速度全无异常。只是酒意袭来，脑中麻木，无法集中意念。他摇摇头甩去酒意，轻轻走进屋里。

一片黏稠的漆黑。

就跟未来一样，他沮丧地想。穿过屋子，拉开窗帘，窗外是幽静的林间小道，比平时还要寂静，一个人都没有，好像一切活物全都被吓走了。

他拉上窗帘，使劲闭上眼，又睁开。他意识到现在的自己不但拥有自由，还令人恐惧。他曾经害怕死亡，但如今，他已经是死神本尊。突然间，沈汉生满意地微笑起来，欣赏起自己人格中那种分裂又统一的美。

沈汉生的手指滑过一柜旧书、一把小提琴、一台厚重的德国打字机，最后指向柜里的一瓶日本清酒。他笑了一下，拖着半醉半醒的身体去点灯。火柴划燃的瞬间，毫无预兆地，电波的连接突然中断。

这是攻击。

每个端口都被紧紧地封死了，这是非同寻常的攻击。

沈汉生把火柴扔向房间前门，火光熄灭，他矮下身体，迅速往后门悄然撤退。

酒意开始散去。黑暗中，他像猫一样掠过走廊，按下门把。这时身后传来一个声音。

“沈兄，终于找到你了。”

一个眼里闪烁着绿火的高个子军官，举枪对着他的后脑。

沈汉生正要转身，绿眼军官大声喝道:“不要转身！把手举过头顶！”

他乖乖地举起了手，但在沈汉生的兵器库中，手并不重要。

门把的旋转模式激活了备用网络，军官的夜视仪视野突然化为一片汹涌的绿潮，他骂了一声，弹开夜视仪，但面前已经空空如也。

军官追出门，跳入草丛，踉跄着跑了几步。坡下是一小块晾晒衣物的院坝，黑暗中有个影子一跃而入，激起一阵混乱的喊声和枪栓声。

军官竭力飞奔，跳过鸡笼，翻过围栏，咚的一声掉进院坝。沈汉生被困在中央，灰色大褂在风中翻飞。川军士兵在四面八方组成好几道人肉包围圈，二十多支枪口指着中间的沈汉生。

“没想到吧，沈兄。”军官摊手做欢迎状，脸上露出喜色。

“陈少。”沈汉生毫无表情。

“别来无恙？”

沈汉生没有理他。

“既然你也不跟我废话，那我实话实说，上面的命令是死要见尸，活也要见尸。”

“你动手吧。”回答直截了当。

陈少把枪插进腰带，抽出一把刻有川军麒麟纹的匕首，一层惨白的雾气在刀刃上游走。“沈汉生，你身负机密，不辞而别，还伤了我们好多弟兄，就这么死，那也太便宜了。”

“咱俩都知道，你追杀我不是因为这个。”

“没错，”陈少笑道，“一个逃兵，不值得我费劲。但是我没想到，你居然投靠了工会……”

“我早就跟他们一刀两断了，”沈汉生说，“工会也想抓我，赏金比你们这帮穷鬼多得多。说真的，你不如把我交给工会。”

沈汉生一边对答，一边小心地扫描可用信道。本地电波海洋中充斥着满满的噪声，这是被某种全波段阻塞攻击后的结果。也许只有角落里的超微波波段还留有后路，刚才仓促启动的备用网络没有很好地隐蔽，瞬间就被干掉了。

“我不信，你自己上军事法庭说吧，”陈少笑了笑，“但你可能没这机会了。”

“你知道他们留不住我，因为意志共同体。”沈汉生冷冷地说，“我不可能答应。”

刹那间，陈少的心里一震。听到这个词的时候他打了个冷战，没想到共同体在工会中会这么快得势，工会的未来必会有极大的变化。

“不管如何，你做的事情太脏，我也没办法保你，”陈少说，“除非……”

“太脏？是你们的事脏还是工会的事脏？”沈汉生微笑道。他终于发现了电波噪声海洋中一个极为细微的缝隙，如果成功连上，就可以把无形的触角伸向六里外的一个私人诊所。如果攻陷了诊所，也许可以连接到南山国民卫星地面站。

沈汉生心如明镜，只要有一点机会，就绝不会放过。他可不想再次落入川军的手中。他现在需要的是时间，要谨慎而隐秘，心狠手辣又不留痕迹。

“你要保我的话，我猜还是有办法。”沈汉生道，“你说除非什么？”

“你背叛过我们，不止一回。但我可以再给你最后一次机会。现在有一个很棘手的任务，如果你能完成，我保证会想办法救你一命。”

原来如此。沈汉生冷笑道：“你说吧，我猜这个任务就是送死。”

“不，我只需要你去窃听一次谈话。”

窃听，沈汉生已经做过无数次。对他来说，大多数情况下，窃听就跟站在对方面前洗耳恭听一样简单。但是今天，他有一种不祥的预感。

“谈话的双方，一个是奉军的参谋部军官，一个是伪满洲国的议员。”

沈汉生心里一亮，大致猜到了这次谈话的意义。

“伪满洲国议员叫杨世宗，公开的议员名单中似乎并没有这个人。但我们得到的情报显示，他正是日本的代理人，从朝鲜来华后，曾经掌管锦州军务，是最近肃清行动的幕后主脑，并且在为日本的下一步进犯，做情报搜集和战略参谋的工作。”

“本来你们跟军阀土匪干，已经够我受的了。现在日本人远在天边，就算长驱南下，奉军必定首当其冲。若是从上海登陆，南京政府不可能坐视不管。中国这么大，我们有的是活路。日本的强悍，超出你们的想象。你自己要寻死，千万不要把我掺和进来。”沈汉生坚决地说。

“你错了。如今天下万国，无不于云端相连，中华虽大，却没有你我藏身之处。如果不能联合对外，长城内外，早晚被一网打尽。南京政府虽然网络防线坚固，但在现实世界中却是软弱不堪，奉行绥靖之策。我们必须寻找机会，改变南京的态度。奉天夹在伪满洲国与朝鲜之间，伪满洲国军与奉军的关系一向暧昧，这次谈话必然会有关于日军战略的绝密情报，我们很可能从中获得绝好机会。”

“那你为什么不自己去窃听？”

陈少缓缓说道："奉军与伪满洲国军互不信任，他们选择的会面地点是钢铁星云里的分钟寺。"

沈汉生终于明白为什么要找他了。钢铁星云是一个由八座古代铁塔构成的伺服网络，覆盖了从中国东北到西伯利亚的大片地区，没人知道是谁最初建造了它们。分钟寺是钢铁星云架设的虚拟世界里，一个中立的堡垒空间。在这种地方要安插窃听是难如登天的事情，而且关键在于，双方肯定使用了军用级别的加密，即使窃听到了对话内容的密文，也是没法破译成明文的。

"我要是去了，必死无疑。万一落到日本人手上，还不知道会受怎样的折磨。更何况，如果是电子化的意识被他们抓去，连自杀都不可能，只能被反复虐待、解剖、重组，被最残忍的手段折磨。直到精神崩溃，魂飞魄散，永不超生。"沈汉生摇摇头，"要不，你还是现在就杀了我吧。"

"我还没说那个奉军的军官是谁，"陈少说，"他叫徐虎，是不是很耳熟？"

沈汉生一愣，徐虎是他多年前在北平师学馆的同门学长，曾经骗他加入奉军，一起在军阀混战中出生入死。一场战斗中，由于对方阵营里有自己的至交好友，沈汉生抗命退出了前线，导致徐虎在电子战中落了下风，但他凭一己之力扛住了对方的网络攻势，破釜沉舟，最终竟然险胜。事后徐虎怒令将对方投降士兵全部枪决，其中就有沈汉生的那位好友。沈汉生营救未果，自己也险遭逮捕，自此与奉军交恶。

"如果我说不呢？"

“你要是一心求死，谁也救不了你。我再给你最后一个条件：如果此事成功，我告诉你凌的下落。”

“谁的下落？”

“凌。”

沈汉生盯着他看了半天，说：“你怎么知道这个名字？”

“这你不用关心，川军的情报网是怎样的规模，你应该很……”

他的话没说完，猛然感觉到不对，他瞬间明白了沈汉生在做什么。

陈少疯了一样扑上去，一拳把沈汉生打翻在地，同时激活紧急防御体，清除伪造缓存，眼睛仿佛顿时被擦亮，他看到漫天的红潮正在涌来。

沈汉生的太阳穴剧痛，眼镜飞了出去，但比身体的疼痛更剧烈的是意识被撕裂的痛。一个预先埋下的病毒被激活了，陈少在一开始就留了一招。也许是在沈汉生刚进屋的时候，也许是当他还在茶楼的时候。

陈少清楚地看到噩梦正在眼前发生：沈汉生已经连上俄国的一颗卫星，正在引导某种力量进入川军的卫星地面站。

一种没有人见过的可怕力量，铁浆般坚决，鲜血般滚烫，天使的声音，地狱的形状。

如果沈汉生成功，全城的网络将会溃如蚁穴，而他将会趁乱逃脱。

陈少没有时间说一个字，只能尽全力展开防御。

沈汉生觉得自己的大脑快要被锯子锯开了，意识正在走向溃散，无可挽回地奔向四面八方。病毒急剧地复制与破坏，引起电子脑高速运算部件猛然超载，超载又造成控制阻塞，再过几秒钟，他的大脑就将随着一声爆炸，和着一股青烟，化为一摊脑浆。性命攸关之际，沈汉生终于选择紧急启动一个辅助防御意志体，杀掉了不受控制的高速运算进程，大脑终于回归意识的控制，他以最快的速度清除了病毒，重归清明，但陈少也趁此机会，以更快的速度接管了卫星地面站。

红潮惨然褪去，如来时一般迅速，鬼魅一般不留痕迹。

沈汉生刚挣扎着爬起来，陈少冲过去一脚踢翻，抽出匕首架在他的脖子上，划出一道血线。“你知道你在做什么吗！”陈少怒吼道，“我还以为你是装疯，你他妈根本就是个疯子！”

沈汉生无法呼吸，只能使劲掰开陈少的手，脖子上的血流到了两人的手上，他终于能说出话来，“我……接受，但是，徐虎要给我……”

“还敢跟我谈条件！你差点害死多少人，你可知道？”陈少又给了沈汉生一记愤怒的左勾拳，他瘦削的下巴差点脱臼，陈少自己的军帽也滚落在地，“你以前也是军人，居然做出这种事！还敢说跟工会没有联系？我现在就把你就地正法！”

沈汉生干咳了两声，无力地吐出一口血沫，嘴角艰难地露出扭曲的笑容。

3

分钟寺是一座大寺，在虚拟世界里并不是一个特别出名的地方，反而在现实世界中更为闻名。因为它是一座中立堡垒，也就意味着它不但不倾向于任何势力，而且对于外部的攻击和窃听，在某种程度上也是坚不可摧和难以潜入的。很多本来是现实世界中的会面，也会选择来这个地方。至于它为什么是一座寺，谁在其中修行，谁建造了它，为什么当时会在虚拟世界里建造如此规模的一座堡垒级庙宇，就不是沈汉生关心的问题了。

川军五十二师特一团指挥部，设在一座大山的北坡。这座山是华蓥山的余脉，覆盖着常青植被，结合密林遮蔽下的悬崖地形，在山体侧面修筑了隐蔽的建筑群。崖下有一个巨大的天然溶洞，被人工扩大了洞口，里面部署了大批发电设备与计算集群。沈汉生观察着进出的工人，努力辨识着山里传来的各种低沉而复杂的机械声，推测山体内部还建有军工厂，藏着不少军火辎重。毕竟这里确实是个避开太空眼线的极佳隐蔽所。

陈少与手下士兵把沈汉生带进一间小屋，屋里陈旧潮湿，霉味扑鼻，地板吱吱作响，除了一张榆木书桌，一把藤椅，一扇朝着山谷的小窗，其他就什么也没有了。沈汉生坐上椅子，刚刚连入网络，云中世界扑面而来，速度快得惊人，他感到思维无拘无束，风驰电掣，神清气爽。

“你还需要什么工具？”

“我要一张沙发。这把老藤椅坐着不舒服。”

“让你坐着就不错了。”陈少狠狠地说。他掏出一副手铐，把沈汉生铐在藤椅上。后者瞄了一眼手铐，鼻子里发出轻蔑的声音。

陈少走出屋子，锁上门。

“为什么留他一个人？”一位衣着笔挺的年长女军官正在屋外等候，见到陈少出来，便问他道。

“他要做一件非常危险的事情，”陈少说，“需要集中所有注意力。”

“我已经警告过你了，这次要是打草惊蛇，司令部必定问责，到时候你只能独自承担所有后果。”女军官走近一步，脸色阴沉，“以我们最先进的技术，要破译这种通信也是不可能的。你最好跟我解释一下，到底在玩什么花样。不要以为我不知道，上面的命令很简单，只要他的人头。”

“李处长，你说的完全正确，最新的木马也没法进场窃听，而且即使窃听到，我们最强大的计算集群也不可能破译这种加密。但世上没有不透风的墙，有个老办法也许可以一试。”

陈少往小屋里瞥了一眼，又接着说：“这种谍术原理简单，却极难操作，可谓大巧不工的绝技，世上会用的人已经没几个了，沈汉生这个老怪物就是其中之一，他曾经在北平师学馆拜过师。现在没人相信这种谍术还存在于世上，正因为如此，我们才有出奇制胜的可能。”

“那到底是一种什么谍术？”

“中间人攻击。”陈少看了看表，抬起头，“对不起，我也只能说到这里，请回吧，李处长。会面时间就要到了。”

十五秒。沈汉生感到有凉风吹动自己的头发，那是山林里的风，带着奇妙的叶香。现实与虚拟的交汇是一种奇异的体验。沈汉生静静地注视着窗外缓缓移动的树影，很多很多年前，他也在这样的树下散步，牵着她的手，梳理她的长发，为她摘去掉落在头上的落叶，松针间漏下的光斑洒在他们身上，春风般温暖。鸟叫虫鸣，一切都美好得犹如梦境。

十秒。沈汉生闭上眼，冥想大千数据伴随着嘀嗒的电码声疾速飞驰。她以光速离开，留下无边虚空，他要用毕生的时间去填充这些空白。那是柏树的味道，带着阳光的气息。它们化成灰和烟，化为笼罩两江群山的倾城大雾。

五秒。浓重的迷雾中，分钟寺拉近到眼前。恢宏而淡泊，沈汉生惊叹于这座寺庙的语言，它无声，又如雷鸣，既是荷塘细雨，又是醍醐灌顶。当他读懂它的瞬息万变的时候，一座伪寺，它的复制品，也就完整地拷贝了下来。一砖一瓦，每片树叶，每滴露水，真寺与伪寺都在严格意义上毫无二致。接下来只剩下一些细致的活儿：地址劫持，解析缓存伪造，广播路径污染，踪迹清除。

四，三，二，一。

一个身着清朝蟒袍，留着银白色长辫的老人登入了真寺的山门，与此同时，沈汉生的 A 面与本体剥离，转瞬即逝。白发老人的一个拷贝出现了，他复制着原型的一举一动，登入了伪寺。

一个身穿藏青色军服的高大男子，迈入了伪寺的山门，出现在白发老人拷贝的面前。几乎完全同时，军服男子的一个拷贝出现在真寺的白发老人面前，时滞精确控制在五十毫秒内。现实中的沈汉生此时面色如土，神情僵硬，意识已经完全离开，化身为二，去到两个分毫不差、如影随形的世界中。

瞬息之间，非对称密钥已交换，验明正身后，双方确认了对方的来头，也生成了对称密钥，一切交谈准备都已就绪，但两人仍然不发一语。

沈汉生感到心惊肉跳，不知道两人是否有所怀疑。他在中间的同步延迟稳定在五十毫秒左右，但仍然小心翼翼，不敢有丝毫闪失。一旦露出马脚，后果不堪设想。

陈少与他的副官站在墙后一间黑暗的监控室里，僵硬地交叉着手臂，面前有两块黑白屏幕，显示着沈汉生发回的实时图景，看上去正是白发老人和军服男子的眼所见，耳所闻。两人相对无言，感觉气氛颇为诡异。

这时，白发老人发出一阵僵尸般的枯槁笑声。

4

“杨先生，”徐虎简单地抱了个拳，“久仰了。能得到议员阁下亲自接见，在下荣幸之至。”即便是在网络掩盖下，也能看出徐虎神情紧张，虽然勉力掩饰，却显得略微刻意。

徐虎的分身自然也同时讲出了这样的话。

杨世宗笑罢，对徐虎一点头，“仪表堂堂，名不虚传，果然是难得的猛将。皇军崇尚武学，今后徐老弟仕途无量。”

杨世宗对于自己与日本人的特殊关系，显然是觉得毫无掩饰的必要。

徐虎勉强笑了一下，略微皱眉。仅凭虚拟形象，如此夸赞似无必要，对方苍老可怕的容貌和嘶哑古怪的嗓音，让人怀疑其网络背后只是一具死尸，而没有任何灵魂。

“在下想要的东西，徐老弟是否已经准备妥当？”对方开门见山，毫不客气。

陈少听到这句话，心里一惊。他们以前就有过交涉？难道是情报机关漏掉了关键的信息？陈少冷冷地瞄了一眼身边的副官，副官的眼里也有同样的疑惑。

“先生稍等。”徐虎说道。不知是在犹豫，还是在跟身边的奉军同僚通报消息，商讨回复。

“你要的东西我有，可以给你，”他很快回答道，“但日本人需要给我们一件礼物，作为交换。”

“请讲。”杨世宗沟壑密布的苍老面孔中，看不出任何表情。

“我们要一个人，关押在大空监狱里的一个杀手。”

杨世宗低头沉吟片刻，接着回答道：“没有问题，皇军答应了你的请求，大空监狱里的犯人，你可以任选，但只能带走一个。”

“感谢杨先生的合作，我将亲自前往新都，领受贵国的厚礼。”

“我想提醒你，虽然我代表满洲国，但这份礼物是日本人给你的，不是我国陛下给你的。”杨世宗正色道。

一阵疾风吹过，樱花树摇曳不止，庄严雄伟的古刹中洒下漫天花雨。沈汉生心无旁骛，集中精神进行中间人同步，对身边的美景无知无觉。

徐虎从怀里掏出一个信封，放在额前，闭目片刻。沈汉生一边同步，一边扫描信封的变化，果然，信封内折起的宣纸上，墨迹显现，逐渐组成一串符咒般的草书文字。沈汉生凛然一惊：这看起来是南京政府军的军用密钥。徐虎的眼睛一睁，信封上出现火漆封印，再也无从窥视。就在封印前的一瞬，沈汉生看到了信中密钥所附的接口地址，这地址他早已烂熟于胸，无须查询也清楚其归属地，正是南京政府军的接口地址。

徐虎伸出手去，将信封递给面前的杨世宗。

这时，正在监视屏幕的陈少突然大惊而起，面色苍白。

因为屏幕上另一座分钟寺里，由沈汉生化身的假徐虎，站在原地，并没有伸手递出信封。

同步停止了，中间人攻击随时可能暴露。

沈汉生的大脑在疯狂地思考，不知如何是好。他知道，如果南京网络全面沦陷，会有怎样可怕的后果；但如果挺身而出，自己又会深陷极度危险之中，何况也无法阻止他们下次再行交易。

手中的信封封包有双方的水印，无法被中间人篡改。

“快给他！”陈少脱口而出。

虽然这等于放弃了阻止日军获得密钥的唯一机会，但如果打破同步，势必会立刻败露伪装，后果同样是灾难性的。何况南京政府军与川军处于此消彼长的复杂关系中，一直互相牵制。出于利益权衡的考虑，也不能过于慷慨。如果为了保护南京政府军，而令川军蒙受损失，这样的罪名，没有人承受得起，即便是陈少。

假徐虎犹豫了长达两秒半之后，悠然抬手，将信封递给了杨世宗。

在杨世宗看来，徐虎的动作虽然缓慢，却也不算无理。但在徐虎看来，杨世宗对自己递出信封的动作，一直没有做出任何响应，直到两秒半后，才伸手接过。

监控室里鸦雀无声，陈少和沈汉生的额头上同时渗出了汗珠。

杨世宗闭上眼，在虚拟空间中静止了几秒钟。几丝银发在风中缓缓飘动。

徐虎小心地说：“先生可以放心，此密钥是真货无疑。”

陈少长出了口气，徐虎没有怀疑刚才的纰漏。沈汉生却心跳加速，颤抖起来。

一个士兵推开监控室的门，给陈少打了个手势。陈少一惊，在脑中调起情报明细，顿时大为惊惧。

仅仅过了五秒，日军针对南京的电子战即告开始。

南京政府军自称部署了百年内牢不可破的电子屏障和防火长城，但前沿阵地在三十秒内即被撕扯得体无完肤，即便是密钥泄露，如果实力基本对等，也不至于如此弱不禁风。军队的一个个桥头堡犹如多米诺骨牌般倒下，每个失陷的节点都在瞬间变成敌方的攻击前线，更多的资源和网络被控制或消灭，越来越快，惨不忍睹，好似病毒蔓延，只是速度快了太多。

沈汉生已经很久没有剥离A面这么长时间了，上次是什么时候，他甚至已经记不起来。A面令他强悍，无所畏惧，更重要的是，令他免于受到情感的影响，这使得沈汉生坚不可摧。但今天，A面虽然和他一直保持着高速连接，但精神却没有相连。猛烈的心跳呼啸而来，他能感受到南京的苦难和呻吟，以及这一切加诸他的责难。如果一座城市全网沦陷，会比失去制空权还要可怕一万倍。

沈汉生不想再干下去了，他的脑中阴云密布，全是懊恼和退缩的情绪。他像在梦游一样，继续保持着同步，替徐虎演出那些违心的奉承戏。

风停了，地面上一片鲜艳的血红。

沈汉生仿佛已化为幽灵，无声无形，没有任何存在的痕迹，又无处不在，静静地观察着这个世界。

杨世宗闭上眼，露出满意的神色，又睁开，对徐虎说道：“世界即将巨变，强者生，弱者死。不知徐老弟想站在强者一方，还是死人一方？”

“如果国运已衰，徐某为国捐躯又何妨。”

“死了，才能生，”杨世宗发出一阵令人毛骨悚然的笑声，“后会有期。”他说道，然后转身准备离开。

“等等，我还没见过你的真面目，去哪里找你？还有你们答应给我的那个人呢？”

“你要的那个犯人，他有名字吗？”

“我只知道她叫凌。”

“喔，是她。”杨世宗又思索起来。

沈汉生和陈少心里都是一震，但还是默不作声。陈少没想到这次交易的重点竟会跟她有关，如果早知道，他一定不会找沈汉生来干这件事。而沈汉生心中则矛盾重重，有种十分不妙的预感。

“皇军承诺过，当然会兑现。”杨世宗终于开口了，“但这个人，只能给你死的，不能给活的。你要还是不要？”

徐虎面容僵硬，牙关咬紧。这老妖怪背后靠山强硬，他无计可施，而且自己也确实没要求过死活，加上日本人态度向来多变，即使摆明下套，也不能逞强得罪，令奉军腹背受敌。

“那就干掉她，给我死的，越快越好。”徐虎恨恨地说。

现实世界中，陈少盯着屏幕，缓缓站了起来。他什么也没说，直接冲出监控室，带着身后几个人一起奔向沈汉生的小屋。

空无一人的监控室里，黑白屏幕上的假徐虎再次牙关紧闭，什么也没说。

不仅如此，眼中还露出杀气。

5

杨世宗眯着眼盯着假徐虎，后者停滞了一瞬，又马上恢复了动作，他避开杨世宗的目光，一字一顿地说："杨先生，如果是死人，要来也是无用。我还是……不要了。"他一抱拳，"后会有期。"

如果立即撤退，还有蒙混过关的可能。

"且慢，"杨世宗突然抬手阻止，皱眉道，"徐老弟留步。"

杨世宗说出这句话的瞬间，分钟寺的山门轰然关上，所有退出通道全部锁闭。看来他早有准备。跟徐虎这样的硬手会面，会发生什么事情，谁都难以预测。

沈汉生走不了了。

杨世宗往前一步，伸出手来，似乎要与徐虎握手道别。沈汉生心头一紧，暗叫不妙。

杨世宗手中生成了一份加密的三方证契。如果沈汉生同步此信息，一个带有通话双方签名的请求将会发送到第三方，要求验证通话的安全性，这是破解中间人攻击最直接的办法。

乱世无公信。在这各方势力割据相持，尔虞我诈的时代，世上甚至不存在一个清白可信的第三方。陈少的这个计划实际上是一场赌博，他赌的是这两人不敢要求任何第三方认证。为了保护自己免受一种只存在于传说中的古老攻击方式的威胁，而暴露这次绝密肮脏的会面，不像是他们会做的事情。

这场赌局，差一点就赢了。

沈汉生走上去，握住杨世宗的手，三方证契被部分解析，认证中心地址居然在日本。看来杨世宗为了保障绝对的安全，早已不想顾及徐虎的感受。三方证契的内容也是不可篡改的，中间人没有私钥。

沈汉生微微一笑。不论他是否传递此契，身份肯定会暴露。他只有不到一秒钟的时间来考虑对策。

要战斗的话，绝对不是对手，要逃走，还有一丝可能。虽然分钟寺的正常退出通道已经被杨世宗全部控制，但事实上还存在一条早就挖好的逃生路线，那就是沈汉生与 A 面之间传输同步数据的加密隧道。

只要能去伪寺，就能回到肉身。

没有任何犹豫，沈汉生在刹那间抛弃渲染体，化为无形。

杨世宗也在瞬间出手了，他抢先一步把触手伸向所有的通信资源，手段凶猛。一座如此庞大的云中楼阁，其空港端口何止万千，再强大的高手也无法在转瞬之间尽数拿下。沈汉生集中所有精力，与杨世宗展开争夺通信资源的大战，他只需要一个微小的缝隙，便能挣扎求生。但杨世宗竟然把控得滴水不漏，他的身影稳如山岳，静若处子，矗立在庭院正中，好像在低头沉吟，实际上却正在掀起排山倒海的滔天巨浪，稳健而凶狠地吞噬着沈汉生越来越微小的生存机会。

A 面收到了沈汉生发送的立即撤退信号。

但他绝不会选择撤退。

他是沈汉生真正的武器库。

刹那间，A 面激活了他最娴熟的攻击手段，向徐虎陡然发起袭击，招招毒辣，只求一击毙命。沈汉生的网络战能力远远逊于徐虎，只能趁其不备攻其要害，再加上伪寺之战算是地利，这样才能勉强略有胜算。

对 A 面来说，这样的胜算已经足够勾起他复仇的欲火。

徐虎下意识避开攻击，屏息静气，堪堪守了几招后，竟哈哈大笑起来，“沈师弟，是你！”

“原来如此……”徐虎很快便悟出了对方的计谋，叹道，“你居然也得了此法！”

沈汉生 A 面不发一语，全力出招，都是致命的手段。两人同时隐去身形，仅凭数据的流动感应对方的存在，向对方送去铺天盖地的夺命之击。电光火石之间，虚虚实实已经交锋数十次，A 面凶狠的杀招竟被一一避过，此时他才意识到，徐虎背后奉军的计算群落拥有多么强大的运算力，供他辗转腾挪的网络带宽和内存空间又是怎样的深不可测。奉军力量之强，实在是远远超过沈汉生之前的估计。

徐虎自己也极为惊骇，眼前这个意识杀手的战法之精，速度之快，直觉之准，远远超过以前的沈师弟，但意识特征又的确非他莫属。到底发生了什么，令他的变化如此之大？

杨世宗已经风卷残云，把可以收入囊中的网络资源与离港端口尽数控制，分钟寺到处都在显示资源枯竭和连接失败的警告。沈汉生疲于奔命，已经接近崩溃，他佯攻寺北之巅，意识却闪回到南天门。高十余丈的黑色石墙外，就是万丈深渊，他飞至墙前，墙上有一行巨字，其中“别离”二字的正中间，是他的最后一个机会。

沈汉生刚一展现实形，身后远远传来一声恐怖的长啸，死亡阴影飞快地笼罩过来。

他伸手轻叩墙壁，墙上滑开一个小孔，渐渐扩大，变成一道拱门，他跑了进去。

劲风卷起沙尘，遮天蔽地，伪寺已经破碎不堪，沈汉生的 A 面被徐虎逼到了角落。奉军显然在与伪满洲国的接触中，多少得到了一些新技术。徐虎的很多手段都是 A 面闻所未闻的，不要说分析原理，见招拆招，就连招数是什么都看不明白。

“沈师弟，就凭你的半壁意识，过时手段，绝不是我的对手，不如趁早投降吧，”徐虎笑道，“否则让你试试凌迟的感觉如何。”

他正在一刀刀切断 A 面的支援系统，这招 A 面从未见过，完全不知如何应对，只觉得精神被釜底抽薪，力量越来越弱。他无计可施，只能选择重返实体，以免被彻底解除武装，但如果这样做，又容易被一击致命。

“沈师弟，你马上就是死人了，你的另一半为何还不出现？”徐虎大笑，“他应该也是自身难保了！”

尘土飞扬，随着一声闷哼，A 面跌落在宏伟的大雄宝殿门口，徐虎的身影也从烟尘中闪现。

就在徐虎出现的瞬间，“滋”的一声破风清响，空气中幻化出一把光雾游动的匕首，正刺进刚刚成形的徐虎的胸口。

徐虎瞪大双眼，匕首上刻有川军麒麟纹，仿佛与整座伪寺是一体的，保持着绝对的静止，他的身体被钉在空中，锁定，侵蚀，眼前滚动的数字无不指示着死亡的来临。徐虎再要转换形态，却也来不及了。

徐虎面色狰狞，却喊不出声，无法相信眼前发生的事情。

A 面挣扎着站起身来，对着眼前混浊的天空，抱了下拳。

A 面的手一挥，召唤出仅剩的攻击程序，仿佛一群饥饿的野狗，顷刻间便撕开了徐虎的身体，将他的意识数据撕成了比特碎片，连一声惨叫都没有留下。

攻击程序静默的瞬间，风突然停了，碎石和尘土如下雨般坠落。

沈汉生终于抵达了伪寺。

“撤退，马上！”他死里逃生，兴奋和紧张都达到了极点，向另一个自己发出消息时使用了最紧急优先级。只要成功撤退，自我重新合璧，必定能收拾残局，重整旗鼓，不论面对任何妖魔鬼怪，沈汉生都敢背水一战。

A 面完成了复仇的杀戮，虚脱不堪，但杀意止息，内心竟渐渐平静。他感到身后有异，于是缓缓转过头来。

背后站着的是那个肩头披散着银白头发的老者。

老者跟他扮演的角色长得如出一辙，那一瞬间，A 面以为看到了自己。

同时，A 面又心生一种奇妙的感觉，面前这张沧桑非凡的面孔，他背后的灵魂强大而古老，境界绝非凡人，不是自己仅靠同步拷贝就能扮演得了的。

老者抬起左手，张开枯槁颀长的五指，一道白光闪过，蟒袍在震动激起的微风中飘动。

A 面消失在了空气中。

就在沈汉生的眼前。

"沈汉生！快撤！快！"耳边是陈少焦虑的喊声，遥远而模糊。

杨世宗放下手臂，转过头看着沈汉生，面容扭曲，眼洞深陷，犹如骷髅，嘴角露出微笑。

沈汉生心脏狂跳，全身颤抖。A 面消失了。他自我的一部分消失了，或许是永远的死去了。更要命的是，消失的那部分还是他的全副武器库。

数字特种兵、电子战专家、电子谍术师沈汉生，丧失了电子战能力。

6

“你脑子有问题吗？既然想找死，你就去死，别把我也带上！”陈少瞪着沈汉生，恶狠狠地说，“现在我们唯一的机会都毁了！”

沈汉生没有说话。

“等他们送你去军部大牢，你体会一下什么叫作求死不能。”陈少继续说，“别以为只有日本人的大牢才是地狱。”

“这年头，哪儿都是地狱。”沈汉生叹道，“到处都是你这种见死不救的伪君子。”

“见死不救？”陈少睁大充血的双眼，“要不是我，徐虎早就弄死你了。”

“除掉徐虎，是我们早就谈好的条件。”

“好，你要这么说的话，我已经兑现了我的承诺，但你没有给我我想要的东西。按照约定，我现在可以把你的人头上交给司令部了。”陈少整了整衣领，转过头对副官说，“把李处长叫来。”

武功尽废的沈汉生还被铐在藤椅上。现在的他对川军可以说是毫无用处，要逃走更是难如登天。虽然看上去铁定是死路一条，但沈汉生明白，自己唯一的优势在于，陈少还不知道自己的情况有变，不知道自己的脑子是真的出了问题。

“但你的条件也没完全兑现啊，”沈汉生轻松地说，“关于凌的部分。如果你守信，又不承认见死不救，那就跟我去把凌弄出来。无非是伪满洲国的监狱，我俩联手，还是很有胜算。你已经闯下这么大的祸事，就算献上我这颗人头，上面的人也未必能饶过你。凌身上显然携有极为重要的情报，奉军趋之若鹜，日本人可能也束手无策。如果能救她出来，你这功劳非比寻常。”

陈少没理沈汉生，但沈汉生猜到陈少已经开始犹豫。

“不光是为了川军，说不定这还是救国救民的关键。”沈汉生知道陈少是抵抗派，又加了这么一句。

陈少对副官使了个眼色，副官会意，转身离开，把他俩留在屋里。

“你什么时候关心起民族存亡了？”陈少冷笑道，“沈兄你一向是置生死于度外，今天这样怕死，我倒是第一次见。”

“留得青山在。”

“即便如此，以我对你的了解，你绝不会在意其他人的死活，怎么会突然关心起一个女人的生死？又深明大义，又儿女情长，打死我也不信。如果你没有在骗我，莫非刚才在分钟寺里，发生了什么变故……”

沈汉生苦笑了一声。

突然，一声尖锐的啸叫袭来，紧接着是炮弹爆炸的轰然巨响，地板震动，陈少两耳鸣响，久久不停。在这大后方的深山老林，怎么可能打起仗来?

“看来我们还是留下了痕迹,”沈汉生骇然道,“反跟踪攻击。”

“伪满洲国军没有能力反跟踪攻击,”陈少坚决地说,“奉军倒可能有这兵力,但徐虎被干掉了,那边现在肯定已经大乱。如果是反跟踪,攻击者是?”

“日本人。”沈汉生望着窗外。

陈少冲到窗前,往外探身,看到悬崖下的情景,几乎瘫倒。

火网密布,一场激战已毫无征兆地爆发。正在疯狂进攻指挥部的,却是川军自家的无人驾驶武器:前面的平射火力是自走高射机枪阵列,后排布有自动追击炮阵列和无人驾驶武装吉普车。山下的巨大岩洞里,更多失去理智的愚蠢杀人机器还在不断涌出,迫不及待地加入攻击自家指挥部的火力行列。攻击并非杂乱无章,阵型也有精心调度的痕迹,看得出有人正在背后操控。

陈少骂了一句,回头看了沈汉生一眼,他还在望着窗外的天空发呆,似乎发现了什么有趣的东西。

几个士兵喘着粗气跑进来,向陈少汇报情况,看样子是整个武器库都被黑掉了。几发流弹带着尖叫声飞过,砸在门外的墙上。陈少顾不得沈汉生,对门口的副官交代了几句就夺门而出,奔向外面混乱恐慌的人流。他们大多是从没上过前线的网络谍报员和软武装工程人员,虽说身处军队已久,但哪里见过这样的场面。

从电子战成为常规战争一部分的那天起,很大一部分士兵都不再需要见到枪和子弹,因此也疏于操练。这在沈汉生看来,纯粹是自杀行为。

他长出了口气，神情略微轻松了一点。

门自己开了，守在门外的那位副官软软瘫倒。一个身影迅速闪进屋内，在副官倒下之前便已将他拖进屋里，反手把门一关。

“别杀他。”沈汉生说。

那个身影没有理他，径直走过来，盯着他乱蓬蓬的头发胡须，眼里尽是嘲笑。

“够了，快给我把手铐解开。”沈汉生冷冰冰地说。

“你沈老先生是怎样的高手，区区手铐能铐得住你？”来人身穿川军军服，男装打扮，但声音却是清澈的女声。

沈汉生强作镇定地咬紧牙关，怒目而视。绝不能让她看出慌张。

“咦？”女军官头一歪，好像发现了什么，“你居然……这倒是奇了。”

“外面是你们干的吗？”

“废话，当然是日本人干的。”女军官说，“不过，我也去添了把火。”

“老黄！你怎么能这样，你这汉奸！”

“你这卖国贼！你这死特务！你这老妖怪！我还不是为了完成任务吗！”

“算了，再不走，我们就走不了了，陈少很快就会回来。”沈汉生打量了一下她身上像模像样的川军军服，“你带了多少人？我们怎么脱身？”

“就带了我一个。至于脱身，”老黄手里多了一把无声手枪，“我得把你带回局里，我才脱得了身。你知道你给我带来多少麻烦？”

这里危险重重，老黄却一无所知。

对过去的沈汉生来说，潜入行动是家常便饭。但现在他已经不再能上天入地，反而需要老黄保护。如果告诉老黄这些，她肯定能立刻醒悟，小心应对。但如果那么做了，可能又会冒更大的风险。

窗外枪炮齐鸣，士兵惨叫连连，川军的损失难以计算。一声巨响，指挥部北侧猛烈晃动起来，小屋也裂开一个大口子，马上就要崩塌了。

门被从外面一脚踢开，陈少带着一群士兵冲了进来。

屋子中央只有一把空空的老藤椅。

7

火车在一望无际的华北原野上飞驰，西斜的阳光把杨树的影子投在列车玻璃窗上。沈汉生已经很久没有回过北方，那里对他来说太危险。平坦开阔，一览无余，没有可以隐蔽的地方，一眼就能看穿过去与未来，短暂的生命散落在无尽的平原上，而无尽的尽头是荒芜的群山，好像是巨大的坟冢。

沈汉生望着窗外曾经熟悉的土地，有一种最终会埋葬于此的强烈预感。

“既然局里都隔墙有耳，那现在已经算安全了吧，”沈汉生说，“你可以告诉我大空监狱在哪里了。”

“当然，”坐在对面的老黄已经换回了工会成员常用的灰色便装，“大空监狱建在一颗超低空卫星上。”

“卫星上？原来是意识监狱？”

“别装了，你应该知道凌已经失去了身体，被捕后肯定关押在意识监狱里。只不过竟然会在大空监狱这样的地方，我也没料到。多亏俄国间谍的信息，这次他们倒是挺主动，说不定凌掌握的秘密跟他们还有关联。那座监狱又老又坚固，清初的朝廷就把它剥离网络，改建成全密闭空间，整个卫星就是一座巨大的监狱。”

“那我们得飞到天上去，才能把她救下来？”

“不，即使是全密闭空间，也有出入口。它的地面站藏在另一座监狱里，锦州附近的壶卢岛监狱。”

“嗯，所以你之前骗我，说去锦州救人。”

“我再强调一遍，我们达成的协议是这样的——救出凌之后，她必须把秘密都移交给工会情报处。而你，”老黄严肃地说道，“你跟我去北平，加入意志共同体。”

沈汉生无奈地点点头。

“如果再像上次那样，他们会怎么处理叛徒，你心里有数。”

“你们怎么都一样？”沈汉生苦笑道，“陈少想干掉我，你们也想干掉我。敌人的敌人，是朋友。”

老黄冷冷地看着沈汉生，掏出包烟，利索地抽出一根，叼在嘴里点燃。包厢里只有他们俩，烟雾渐渐弥漫，白杨树笔直的树冠间，金色的光影滑过，车轮声有节奏地敲打着沈汉生的回忆，他想起曾经的旅程，曾经的旅伴。时过境迁，眼前的同路人短发齐颈，面容清秀，近得可以看清瞳孔里的自己，但却生活在另一个截然不同的世界。他胸口一痛，感觉有点恍惚，忍不住伸出手，也要了根烟。

两人相对无言。老黄抽完一根，又点上一根。直到第三根也解决了，太阳已经落到地平线下，天边只剩下一圈紫色的霞光。她用中指把烟头往窗外一弹，那一点火星瞬间便消失在劲风中。

“我有件东西要给你。”老黄说。

沈汉生伸出手去。

老黄意味深长地看着他。

“数字的？我现在头疼，等会儿再看。”沈汉生把帽檐拉低，假装要打盹儿。

“你最好现在看，不然会后悔。”

“嗯，但这破车的屏蔽性太好，我暂时连不上网络。”

“你连上我就行。”

“哈哈。”沈汉生假笑了一声。

“来，连我。”

“我不想连你。”

“为什么？”

“我不……男女授受不亲。”

“沈汉生，”老黄盯着他，一字一句地说，“你掉线了。”

“我什么？”

“你的电子脑废了，你已经不能搞电子战了。对不对？”

沈汉生陷入了沉默。

老黄低声道：“到底怎么回事？我看到你的第一眼，就觉得你不是从前的你了。”

“对，我变了。”沈汉生苦笑，“你不也是吗？既然已经猜到，为什么不汇报给工会？”

老黄瞪着他说：“你只是一台没有感觉、没有立场的战争机器，有时候又是块难缠的绊脚石。很多人都恨不得尽早把你除掉，以免哪天被你绊倒。但是，你知道为什么你还能活到现在吗？”

沈汉生眯着眼吐出一口烟。

“因为你这把老枪，还有点利用价值。不过现在没有了。”

“谢谢你的提醒，现在你能不能出去，让我一个人休息下。”

“不能，”老黄坚持道，“我现在就想知道，你的身上究竟发生了什么？”

沈汉生想要拒绝，又语塞了，那一瞬间，他感到一种自我毁灭的冲动。他想告诉老黄一个秘密，世上没有人知道的秘密。

沈汉生摇摇头，为自己的幼稚感到沮丧。望着窗外正在吞噬一切的黑暗，他叹了口气，把最后一口烟深深吸进肺里。

“这是个挺长的故事。”他说。

“很久很久以前，我跟你们一样，也有些崇高的理想，满腔热血，但实际行动却不见得明智，无非是帮一个军阀打另一个军阀，运气走到头的时候再换一个。后来，我扛过讨伐复辟的义军大旗，也支援过铁路工人起义，哪次不是尸横遍野，血流成河？我一直留着这条性命，如果不是靠运气，就是靠当逃兵。

“这样的经历越来越多，我心里只剩下挫折和厌倦，不知道何去何从。你知道，生命在这种时候，总是会出现转机。疲惫不堪的我遇到一个女孩，她有种奇异的感染力，我对她……可以说是崇拜吧。那年，我重操旧业，又投入统一家园的战争中。不幸的是，间谍的世界没有公正可言，我们遭到了背叛和遗弃。在那次战斗中，她失去了身体，意识被多方势力追捕，流落到网络的不知道哪个角落，从此下落不明。

“我一直在找她，但时间一年年过去，除了一些似是而非的线索碎片，没有什么实际的进展。我整天把自己插在生化终端上，不死不活地泡在高速电解液中，跑遍了网络上的每个角落，也找不到她的任何踪迹。生死一线之隔，生的能量越低，死的诱惑越大。万念俱灰的我，离那座万丈深渊越来越近。

“但是，不管生存欲望如何薄弱，每个人的心底总还是有个声音，想要活下去。为了抵抗死亡的诱惑，我开始进行一项意识搭建的工程。这是我在北平师学馆修习过的最复杂的技术，原理很难用语言形容，我只能尽量比喻。你知道在肉体与电子世界的中间，是我们所谓的脑桥。但实际上，它不是一座桥，而是一扇门，门内的你活在神经细胞的世界，走出门外的你则已经电子化。对一般人的意识来说，这扇门是透明的，但如果用一些特殊的方法，经过一段时间艰苦的练习，你会逐渐了解到，它并不透明，一定程度上更像一面镜子。

“人们时常提到自省，但人的意识不可能真正观察到自身，除了一种方式，那就是站在一面镜子前。当你有一天能观察到镜子的时候，你同时也就看到了自己。由于这面镜子在意识穿行的时候会对其进行转化，所以利用它，我不但可以观察自己，还可以改写自己。

“我分析了自己意识的组成和运作模式，它无比繁复，浩如烟海，又相互关联影响，让人很难安全地增添新模式，稍不注意就会铸成大错。于是我在其之上，搭建一层优先级更高的意识，这一层能够做得很薄，因为可以调用我自己的部分记忆、性格和思维工具。

我一点一点地小心编写，尽可能覆盖掉受情感影响最大的模式，增强了直觉和本能，性格上也做了一些微调，强化了坚信理性和逻辑化的思维模式。随着新意识一步一步被搭建起来，我感觉自己又活了过来，不再想着要找那个女孩，死亡的威胁也越来越远，我又能重新感觉到生命的本能在胸膛里跳动。

"欲望也随之复活了，这时候我才想到，在与死亡的对抗中，我已经获得了神乎其技的意识架构能力，完全可以在新意识上构建出一个电子战超人。我可以在他的潜意识层面安装好各种武器，令他在反应速度和战术能力上超出对手几个数量级。我还可以为他编写和固化一些极为复杂的战术策略，普通人难以施展的'奇技淫巧'。我对这个想法无比兴奋，为了不让自己过去练就的下意识反应影响战斗水准，我把所有以前学到的技战术反应重新编码后，转移到了新的意识里。

"经过漫长而痛苦的雕琢，我对自己创造的这件艺术品终于满意了。他意志力强大，战斗表现稳定，不受情感左右，各方面都趋于完美，更重要的是，他就是我自己。我把他叫作 A 面，就好像把双面唱片放进留声机时，要先播放 A 面一样。"

沈汉生讲的时候，一直盯着窗玻璃上他自己的影子。窗外的黑暗已经笼罩了一切。

老黄是第一次听说这样的事情，想到要对自己的意识动手术，她感到不寒而栗。

"所以，以前我认识的你，其实是 A 面？"老黄问。

"不，那确实是我，不过是穿着 A 面铠甲的我。"

“你这一穿就是好多年。”

“本来打算穿到死的。”

“其实……即使不这样做，你仍然有一个办法，就是斩断你脖子上的那根绳索，”老黄笑道，“你如果亲手杀死她，就不会再纠结她的死活，不会在没有结果的搜索中疯掉，没有希望就不会绝望。”

“你说得对，我最求之不得的就是一个‘断’字。”沈汉生冷笑了一声，“可惜现在我跟她灵肉相隔，也没这个机会了。”

“那你的 A 面在哪儿？让他帮你了断。”

“他已经死了。”沈汉生苦笑道。

8

壶卢岛，凌晨。

虽然离海边还有相当的距离，但沈汉生已经能嗅出远远吹来的风中夹带的腥味。自从失去了联网能力后，他的其他感官似乎变得更灵敏了。

老黄检查了一下她的两把英制可汗消声手枪，插在背后的腰带上。沈汉生取出一只川军夜视瞄准镜，安装在成都军工局出品的点二二微型机关枪上，又把他的麦格雷重型手枪检查了一番，别在腰间，动作轻柔，像是害怕磨花了贵重的玩具。老黄看到，嗤笑了一声。

“情报证实，壶卢岛已经是座空城，驻扎的约两千名伪满洲国军和数十名日军刚刚离开，只留下少量士兵。列车是往山海关的方向。”老黄的一个部下正在报告他的侦查结果。一行八人，除了沈汉生，都是工会北平局电子战特种部队的老兵。

“我重复一遍行动计划，”老黄说，“我指挥攻击组，负责疏通道路；掩护组负责解决漏掉的眼线；进入监狱后，按照情报给出的地图，攻击组负责占领监狱地下一层的卫星地面站，攻入卫星，找出目标。地下一层建有日军的小型军火库，找出其中的无人战车，攻击组负责将目标意识下载入无人战车，所有人从煤车隧道沿这条红线撤离，海边的这个地点会有快船接应。”

所有人盯着空气点了下头。

“哪个地点？”沈汉生苦笑。

“说真的，一会儿打起来的时候，你干吗？”老黄说。

“我就‘轰轰轰’。”沈汉生一拍弹夹。

壶卢岛监狱是一座德国人修建的古堡建筑，整座监狱的外墙都是由坚固的巨石砌成的，监狱的地上部分有四层，但在押的犯人非常少。黑洞洞的铁窗，压抑的安静夜色中突然传出的惨叫声，令壶卢岛监狱成了一个令人毛骨悚然的地方。

一行八个身影轻而易举地越过高墙，从没有探照灯的一条红砖小路接近监狱后门，动作安静而迅速，在所有监控摄像中，他们都变成了隐身的幽灵。

监狱四周一共有六座哨塔，其中一座哨塔会覆盖他们的潜入路线。一个哨兵头戴夜视仪，朝红砖小路转过头去的时候，夜视仪里出现了电磁干扰产生的阴影，他朝其他方向望了一下，故障又消除了。他迟疑地再次转向小路，阴影又出现了。他摘下夜视仪，举起德制米克狙击枪，从红外瞄准镜里再次扫描那条小路，似乎草皮上有热红外目标动了一下。他放低倍数，又调高倍数，点亮哨塔上的米黄色聚光灯，把瞄准镜调整到可见光，然后拉开枪锁。

瞄准镜的十字中央出现了一个刺眼的米黄色光点。

一声轻响，哨兵的身体一软，无声地滑倒在地。

攻击组从二楼的通风口进入监狱办公区，悄然绕过守卫，顺着狭窄的旋转楼梯下到一楼，又下到负一层。

再坚固的堡垒，一旦进到内部，就毫无任何坚固可言。既然已经触摸到这头巨兽柔软的内脏，现在对他们来说，最重要的就是杀戮的速度，而不是潜入的隐秘性了。

监狱与伪满洲国军网络的联系被切断的一刹那，卫星地面站管理控制中心的大门自动轰然打开。门外的守卫无不大惊失色，转头去看那扇需要七八道密码才能进入的沉重铁门。哧哧几声轻响，每个守卫的脑后都多了一个弹孔，闷声扑倒在地。

警铃大作，外面开始响起脚步声。

攻击组冲进门去，里面慌乱的工程兵竟没有一个想到投降，纷纷掏枪。一阵激烈的枪声响过，战斗瞬间便结束了。老黄他们对亲日派军队从来没有任何悲悯之心。

老黄把自己接入卫星管理系统，闭上眼睛，开始寻找破解的方法。解开大门的封锁是一回事，连上万里之外的古老卫星又是另一回事，她很快发现，这比想象的要困难得多。攻击组的另一名队员也不得不接入系统，进行计算协助。

沈汉生紧张不已，大汗淋漓。他已经太长时间没有进行过这种不借助电子手段的原始战斗，就跟蒙着眼睛、堵着耳朵一样，好像切断了自己的大部分感官之后，无助地走进危机四伏的黑暗之中。

对于这种胆战心惊的可怕感觉，他不得不尽量适应，拼命回忆多年前那些早已被淘汰的、古老的战斗技巧。

长长的走廊上满是尸体，最后一个守卫倒下了。沈汉生换了个弹夹，跟两名攻击组队员一起打开军火仓库的厚重铁门。简单空旷的仓库中，反射着微光的灰黑色墙面和地板由大块金属铺成，一看就是日本工程造物。面积很小，但空间很高，一盏昏黄的顶灯照射着仓库里唯一的武器。

沈汉生喘着粗气，对眼前的造物说不出一个字。情报还是比较准确的，但很难想象面前的这个东西叫作战车。

控制中心的另外两扇门突然毫无征兆地打开了，几乎同时，密集的火力开始从侧面倾泻进来。

“把门都关上！”老黄大喊。

“门已经掉线了！”边打边退的掩护组队员回答道。

进攻的伪满洲国军对地形比较熟悉，逐渐整顿阵型，呈包围之势。指挥官是个老者，脸上毫无表情，蹲在一块断裂的残墙上，额边的白发被战场的气流微微吹动。

老黄已经登上数万里外的同步轨道卫星，正在数十万名囚犯中查询凌的下落。这些被囚禁的意识，有的甚至是从清初就被抓进来的前朝义士，在这永恒的囹圄中，已被折磨了数百年。老黄想到这里，心下骇然。

敌方的包围圈开始收缩，掩护组队员虽然只有四人，竟与进攻方相持不下。他们都是有十几年网络战经验的老手，在这一花一叶都已电子化的世界，一草一木皆可为剑。伪满洲国军的任何电子装备，随时都可能在最关键的时刻反戈一击，这令伪满洲国军无比头疼，更不要说监狱的控制系统大部分都已落在工会队员手上。电控陷阱、智能地雷和自动射击台在监狱里也有大量部署，现在更是成为工会的得力助手。

但绝对火力的差距仍然太大，对方的弹药源源不绝。包围圈越来越小，已经推进到控制中心十数丈之外。对方没有使用爆破手段进攻，似乎是不敢损坏卫星控制系统。

一声巨响，砖石迸发，走廊墙壁破开一个大洞，一架如巨型螳螂般的重型装甲机器人一个踉跄扑了进来，它全身为墨绿色，披着边沿锐利的防弹装甲，表面光滑如镜，胸部有油漆白字涂装："青之夜叉王"。

战士们从来没见过这等兵器，一时都惊呆了。

螳螂机器人重又站定，巨钳一举，十二联双重涡旋枪管疯狂旋转，点四六子弹以每分钟两千发的速度狂扫而去，伪满洲国军和他们的掩体纷纷被风卷残云般撕成碎片，仿佛刮起一阵血与肉的暴雨，残肢遍地，漫天红雾。

螳螂机器人虽然浑身弹痕，但并无大碍，脚步踉跄地挪进控制中心。沈汉生三人跟着弯腰躲在机器人身后。

"鬼子的东西还挺难控制的。"一个队员迅速将机器人与控制台对接。

"下载开始！"老黄用嘶哑的声音喊道。她中断与系统的连接，兴奋地看了刚刚冲进来的沈汉生一眼。

面对沈汉生眼中的询问，她轻声说：“找到了。”

沈汉生浑身已经被汗湿透，听到这句话的时候，猛吸了一口气，心跳得更快了。无数回忆在眼前闪回，分外清晰。

我应该跟她说什么？我应该问她什么？沈汉生的心中冒出少年一般手足无措的感觉。

她到底去哪里了，这段时间都干了些什么，在监狱里受到了怎样的对待？

她还是她吗？

我已老了，可她在抛弃身体的一瞬间，便永远定格在那个青春的年纪。永远的告别，和近在身边却无法触碰相比，哪一个更让人痛苦？和死亡相比又如何？

身边的巨型螳螂又开始喷出愤怒的火雨铁风，沈汉生把注意力拉回到战场。远处一架作为掩体的工程升降梯突然启动上升，无可挽回地往楼上加速飞去。掩体后的敌人慌张失措，四散逃开。沈汉生明白这是战友们黑掉了升降梯。他换了一个角度，把机关枪顶在湿透的肩上，冷静地点射最后一个弹夹。

有螳螂机器人的协助，火力勉强持平。如果能坚持到凌回来，战斗力又必然大增。

“马上就好了！”老黄喊道。

这时，沈汉生看到了那个白发老者，伪满洲国议员杨世宗。他在现实世界的脸跟虚拟世界里一模一样，居然也有妖异的银白长发。只是穿着军装，显得更加勇武非凡。杨世宗的目光远远扫过沈汉生，跟他冷冷地对视了一眼。身边跑来一个士兵，把一支长枪递给杨世宗，他头也不回地对那个人下了个什么命令。

虽然距离遥远，但沈汉生能感觉到他眼神中杀戮的欲望。

耳边传来一声巨响，地面狠狠地摇晃了一下。老黄和她的战友们突然大叫一声，表情十分痛苦，好像被高压电击到一般。老黄脸色苍白，坐倒在地。

沈汉生什么都没有感觉到，他跑向已经倒地不起的老黄，喊道："刚才是什么！你们怎么了！"

"脉冲弹……"老黄大睁着眼，咬牙切齿地说。

装甲机器人好像死了一样，也停止了动作。

脉冲弹会令电波通信器件全部失效。沈汉生顿时明白了他的目的。杨世宗意在斩掉双方的电子战能力，再进行刺刀见红的肉搏。对人数远远不及对手的他们来说，这是致命的杀招。

伪满洲国军重组阵型，调整完毕后，向控制中心疯狂涌来，老黄的战友们虽然勉力支撑，继续射击，可是弹药不足，脑部受损，失去了电子战的辅助，一个个先后倒在血泊之中。

沈汉生很久没有陷入如此境地了。没有网络，没有战友，敌人如饥饿的野狗一般涌来。他的记忆闪回到广州郊外的那个阳光毒辣的下午，正在攻山的士兵犹如一张大网，往山顶收紧。他们两两之间拉开距离，拼命奔跑，耀眼的阳光在枪口的刺刀上游移。他打得再准也没有用，对方的人太多，像蚂蚁一样。他以为即将一个人死在那里，精神濒临崩溃，破口大骂。旁边过来一个戴着墨镜的女兵，穿着跟他一样的特种兵军服。女兵把一颗烟屁股塞进他的嘴里，堵住他的臭骂声，从他手中一把夺过米格轻机枪，插上一个新弹夹。

但现在，沈汉生的机枪弹夹已经用尽。他拔出手枪，仔细瞄准，一枪解决一个敌兵。离开网络之后，他年轻时的身体速度与精确度又回来了。麦格雷重型手枪子弹威力巨大，击中人体便是一个大洞，一个士兵的头盖骨掀飞了出去，后面的人见状，心里骇然，脚步也迟缓了。

沈汉生焦虑不已，下载究竟完成了吗？如果完成了，即使没有通信能力，她应该也能操控螳螂机器人移动，但如果脉冲弹烧毁了螳螂机器人的脑子……

这时，沈汉生被一枪托击中左侧太阳穴。他满脸鲜血，倒了下去，再要挣扎着起来，又被一下沉重凶狠地砸在背上，麦格雷重型手枪被一脚踢开，然后那只脚又踩在他的胸口上，让他动弹不得。

沈汉生剧痛难忍，眼睛费尽全力睁开，却看到迂回偷袭自己的人正是杨世宗，他的皮靴锃亮，手持一支形状奇异的长枪，枪管颀长，尖端有弯曲的刺刀，如同一根丈八蛇矛。杨世宗又狠狠地踢了沈汉生腹部两脚，他干咳起来，但无论如何拼命挣扎也无法起身。

挣扎中，沈汉生眼角模糊的余光似乎看到老黄一瘸一拐，朝已经停止运作的螳螂机器人跑去。

“又见面了，”杨世宗冷笑道，“既然你对大空监狱这么感兴趣，不如自己进去感受一下吧，我们正好有很多事情想问你。”

9

杨世宗为什么会在这里？这是一个圈套？不，这不可能是个圈套，他们要我没有用，那他们要的是什么？沈汉生的脑子飞速思考，却无法得出一个清晰的结论。

“你好像没有受到脉冲弹的影响啊，”杨世宗若有所思，“莫非你早就料到我们有这样的武器？”

“你如果要杀我……最好是现在。”

杨世宗发出一阵令人毛骨悚然的大笑，接着说：“你想得太美了，皇军不会让你死的。”

伪满洲国军士兵冲了进来，开始清理敌人的尸体。

“还少了一个。”一个士兵说。

杨世宗头也不抬，说，“她去驾驶室了，大概还想把皇军的甲兵发动起来。”

沈汉生突然明白了，虽然机器人无法被遥控，但也许仍然可以驾驶。现在已经不能通过网络对机器人发动攻击，只有真刀真枪火拼。如果可以驾驶机器人，说不定还有转机。

杨世宗又一笑，“但这都是妄想。”

他举起那支长枪，瞄准机器人腰部装甲较薄的部位，扣动了三次扳机。

装甲上多了三个小孔。接着是一串恐怖的爆炸，机器人变成了一个火球，瓦解崩溃，瘫倒在地，熊熊燃烧起来。

“老黄！”沈汉生挣扎着大喊。

驾驶室的门开了，老黄从舱室里滚落在地，脸上都是血，身上的军装在燃烧。

她艰难地站起来，对着杨世宗，颤抖着举起枪。

杨世宗大笑一声，抽身朝她奔去，速度奇诡，身形忽快忽慢，如幽灵般闪动。老黄一颗颗射出枪外的子弹，竟然无一命中。伪满洲国军也都从容观看，并不向老黄开枪，想必都确信正在奔跑的杨世宗没有任何危险。

不知道杨世宗到底是躲开了子弹，还是他根本就是不死之身。沈汉生瞪大双眼，直看得眼珠充血，都快从眼眶中迸出。

老黄打完弹夹里最后一颗子弹，杨世宗已奔至她面前。他抽出一把匕首，狠狠地插入老黄的胸口，直没至柄。

沈汉生感到钻心的疼痛。他想要扑过去，两个士兵把他死命地按倒在地。

老黄的手枪掉落，身体轰然跪倒。片刻，她又缓缓挣扎，想要举起第二把枪。

杨世宗从她手里夺过日夜陪伴她的可汗消音手枪，对着她的眉心补了一颗子弹。

她倒下了。

沈汉生再也忍不住，疯狂地大骂起来。

直骂得他自己的双眼也模糊了。

“闭嘴。”一个带着机械味的女声说。

沈汉生一愣，杨世宗也听见了，所有人都在寻找，但没有发现声音的来源。

燃烧的驾驶室里又走出一个人影，是一个身着日本驾驶员紧身服的瘦小女性。她戴着头盔，黑色面罩把上半张脸都遮盖了起来。从她远超人类的矫健动作来看，她是一个机器人。

“凌……”沈汉生抬起头，难以相信这是真的。

他突然明白了，螳螂机器人的驾驶员也是机器人，所以刚才老黄奋力爬上驾驶座，并不是要自己驾驶螳螂机器人，而是要把凌的意识从被脉冲弹毁坏的机器人导入驾驶员的电子脑中。刚才的下载已经完成了，老黄用自己生命最后的力量，把凌的命救了回来。

伪满洲国军士兵都把枪口对准了凌，她摘下头盔，扔到一边，露出一头整齐的短发和一双灰色的瞳孔，低头看着自己的新身体，脸上毫无表情。

凌的身体柔软，裸露的皮肤反射出灰白色的光，同时具有橡胶的韧感和金属的光泽。更重要的是，她的身上明显没有任何武装迹象。

看着她绿底赤纹的紧身衣，沈汉生好像猜到了什么。

杨世宗见过日军的机器人军团，那是整个亚洲和太平洋上最强的武装力量，其疯狂程度超越了人类最血腥的想象，也正因为如此，他才坚信日军必将取得战争的最终胜利。刚才的螳螂机器人已经相当强悍，其驾驶员机体说不定也暗藏机关，必须小心对付。

沈汉生明白，即使他的A面还在，凌的电子战能力也远远在他之上。她是一种无法形容的存在，而成为纯粹的电子意识后，去除了人脑的束缚，又会变成什么样子，就凭他这样的凡夫俗子，实在是难以妄加揣测。如果现在还可以从网络世界借力，胜负必定难以预料……但不幸的是，刚才的脉冲弹，已经毁了一切电子战的可能。有什么办法可以恢复网络？哪里可能藏着灾难备份网络？他强迫自己拼命思考，但可惜收效甚微。

“想不到你还活着。”杨世宗冷笑了一声，对女机器人说道，“不要做无谓的抵抗。如果你合作的话，我可以保你不死，但你必须按照我的条件……”

“他们干扰了电磁波？”凌突然问道。

“是脉冲弹。所有人都掉线了。”沈汉生说。

“找死。”凌的机械女声淡然低语。

她猛地启动，奔跑起来。

杨世宗举枪正要射击，发现她已经在身前了。她移动起来犹如鬼魅，沈汉生的肉眼已经无法看清，只听到金刃破空之声。一眨眼间，杨世宗的头已经旋转飞起，飞出一道白里带红的抛物线。他的身体还站着，鲜血从脖颈处喷涌了出来。其他伪满洲国军士兵仿佛见到鬼一般号叫起来，纷纷开枪。一道幽灵一样的暗影掠过，到处都是枪声和惨叫声。沈汉生只有从飞起的残肢和弥漫的血雾中，才能勉强追踪到杀戮行进的路线。

一切尘埃落定时，沈汉生终于看到了她手中寒气逼人的兵器，那是一把晶莹的冰之刃。一瞬间，它毫无征兆地化为雪粉，消失在空气中。

沈汉生知道，那部螳螂机器人不是夜叉王，它的驾驶者才是。

10

漫长的煤车隧道似乎永远也走不到尽头，终于，远处出现了一个逐渐扩大的光点，那是清晨的阳光正照进隧道的出口。

沈汉生走在凌的身旁，感觉时间过得那么快又那么慢，他离她那么近又那么远。

日军人形机单兵就拥有如此可怕的战斗力，对即将到来的战争，沈汉生无法抑制地感到恐惧。

“你的 A 面没有死。”凌说。

“什么？你见过他？他在哪里？”

“我也不知道。我从大空监狱里逃出来的瞬间，在某个网络节点上，他跟我擦身而过。我认识你，当然也就认识他。但他对我并不留恋，连招呼都没打一个。”

“大概我在塑造他的时候，告诉他看见你就躲远一点。”

“为什么？”

“因为我做不到，这就是他存在的原因。”

“我要去找他，和你相比，我更想和他并肩作战。”

“你不是开玩笑吧？”沈汉生说。

沉默了一会儿，凌又说，“这些年，我一直欠你一句感谢。那个时候如果不是你，我连意识也不会留下。”

“所以今天我们来救你，就不必感谢了吗？”

凌面无表情地看着他，虽然他知道凌一定是在微笑着的。

她又说：“我很遗憾，老黄是个好战友……”

“……你还是要回去吗？”沈汉生打断她。

“是的。”

“为什么？”

“那里比现实辽阔太多，但又没有距离的阻隔。这场战争早已在网络展开，比现实世界进展更快，规模更大。在那里，沦陷的不只是南京，向世界宣战的也不只是日本。网络没有限制，一切正在变得无限疯狂。”

“别回去了，”沈汉生说，“你还是跟我走吧。”

“我不属于这里，”她说，“我属于网络。”

这时，沈汉生突然感到一股绝望的寒气从脚底升起，心脏突然狂跳。

不是因为凌拒绝了他，而是因为凌拒绝他的速度。对于凌的果断和坚决，他就算几十年没有跟她说过话，也能精确地想象出她的反应。而在刚才，他能感觉到凌的回答有一个很难察觉但千真万确的延迟。

没错，刚才的每句话都有同样长度的延迟，在十分之二秒到十分之三秒之间。难怪一直觉得有点不对劲，他和凌之间对话的固有节奏，是绝对错不了的。

这个时间间隔如果是距离导致的，另一个对话者大约会在三万五千千米之外，正好是地球同步卫星轨道的高度。

也就是说，凌还在卫星上，根本没有离开大空监狱，但她自己却不知道。

这是精心设计的一次中间人攻击，原型场景在现实中，伪造场景在虚拟空间里。攻击者一定在大空监狱中伪造出了一座壶卢岛监狱，加以某种巧妙的欺骗，让她以为自己已经离开了监狱，等她把秘密告诉救援者之后，再利用夜叉王机体，将他们全部灭口。

夜叉王机体一直处于攻击者意识的控制下，攻击者不同分身之间的同步竟没有受到脉冲弹影响，不知道是怎样的手段。

如此巧妙的设计，三万五千千米的远程高速通信，各感官信号的实时传送，乱真的虚拟世界建模，能够实施这样高难度手法的攻击，即使在自己同门中，这样的人也是绝无仅有的。不过，有一个人能做到，那就是徐虎。

所以那天徐虎没有死，由于沈汉生的攻击，他反而跟日本方面建立了真正的联系。日方与他的目的是一致的，于是派他策划了一起超限中间人攻击。沈汉生心里如浸寒冰，面前的人竟是徐虎，而且随时都渴望将自己一枪毙命。

看起来自以为是日本代言人的杨世宗并不知道这个阴谋，他差点就毁了全盘计划。在沈汉生看来，攻击效果即将揭晓：如果凌把秘密告诉我了，我马上会死；如果徐虎发现我或者凌识破了他布的局，我也马上会死；如果他发现凌不会告诉我任何东西，我失去了利用价值，也是死路一条。

无论如何，沈汉生都不能活着走出这条五百米的隧道。

时间在一秒一秒地过去，凌好像还没有发现任何端倪。

沮丧的感觉笼罩着沈汉生，他拼命想找到一个办法，却一无所获。即使不能救两个人，至少救一个吧，他想，或许天意如此，注定自己要葬身此地。他叹了一口气。

"日本人把你怎么样了？他们到底想从你身上知道什么？似乎奉军也害怕别人知道，到底是什么惊天秘密？"

凌笑了一声，"我告诉你，你好完成工会的任务吗？"

"我为了救你，可是把老命都赔给工会了。"

"意志共同体吗？原来如此。"凌沉默了一会儿，又说，"其实有时候我觉得，本来日本人力量就比我们强大太多，我们自己又钩心斗角，各怀鬼胎，实在是没有取胜的可能，除非出现奇迹。也许意志共同体……会是那个奇迹。"

"别说了。"

"你太孤独，"凌说，"也许那里正好能治治你的孤独。"

"别说了，孤独没法治。对了，你还唱歌吗，不需要嗓子的世界，唱歌是什么感觉？"

凌没有说话。

"你还记得那首《青春之歌》吗？有一次你唱完那首歌之后，我还给你讲了一个关于它的故事，不知道你还记不记得。"

“是吗？”

“你走之前，可以再唱一遍给我听吗？”沈汉生说。

“我不记得了。”凌摇了摇头。

过了一阵，快到洞口的时候，她却开始轻唱起来：

海里的波浪随着我

一浪接一浪正为我高歌

沈汉生随着她的拍子，一起唱道：

光灿的海面又围着我

心里的欢乐似在旁

愁哀不用看

全因欢乐降

凌似乎发现了一点什么不对的地方。

她尽量调整着节拍的速度，却发现无论如何，总是比沈汉生快一点点。他们互相等待对方，节奏却变得越来越慢，对音乐不太敏感的普通人也许听不出来，但凌显然不是那样的人。

心里的欢乐全尽放

谁为我解开束缚

一切不需多讲

欢欣已尽看

凌心中一惊，意识到这个奇特的现象：在她看来，沈汉生一直比自己慢，而在沈汉生看来，自己却比他慢。这个无法同步的时间错位问题，其原因只能是通信时滞。电光火石之间，她便明白了当下的状况。

沈汉生不能明说，只能通过这种方式暗示。

怎么办？即使是凌，此刻也感到死亡在无可遏制地逼近。

她透过机器人冰冷深邃的双眼，死死地盯着沈汉生。对方的眼神复杂而坚决，不但确认了目前的危险境况，似乎还在暗示她更多的东西。

是他曾经告诉凌的那个故事。

她明白了。

很久以前，沈汉生给她讲过这样一个故事：

为了争夺一个美丽的姑娘，两位年轻的男子准备以决斗来解决问题。他们抵达了决斗的场所，正要开始，广播里却传来那姑娘悲急交织的声音。原来她刚刚听说此事，一心要阻止决斗，急切之间找到了全城最流行的广播电台，在播音间声泪俱下，痛哭流涕，劝他们俩珍惜生命。他们听了姑娘发自内心的话，觉得自己确实可以用其他办法来赢得姑娘的芳心，便打算放弃决斗。

姑娘说完，擦干泪水，又给他们唱了一首歌，说是他们最喜欢的歌。两人一听，悲从中来，因为他们都以为这首无比珍贵的歌，是只属于他和她两个人的秘密。由爱生悲，由悲生愤，他们将枪口对准对方，静静地等待着。当姑娘唱到最后一个字的时候，也就是他们扣动扳机之时。姑娘意欲挽留青春的这首歌，反倒成了他们青春逝去的号令枪。

凌的心中无比清明，立刻了解了沈汉生的用意。

如果他们同时向对方开枪，只要时机足够精确，凌和沈汉生都有一瞬间的机会，提前击毙身边那个赝品。如果成功，意识横跨万里的中间人将会死于非命。

谁稍晚吟出那个死亡的音符，谁就会吞下一颗致命的子弹。如果沈汉生慢了，会被凌杀死；如果凌慢了，会被沈汉生杀死。计划败露，中间人势必反击，另一个人也活不了。

光速是信息传递速度的上限，这个关键的时机无法通过宇宙中的任何介质来发号施令，但却可以靠音乐和默契来感知。

从某种角度上来说，心灵的联结此时超越了光速。

我有那热情和青春

谁可将我抵挡

风阵阵吹着

更倍添芬芳

可爱的笑面在陪伴我

将我的生命变蜜糖

愁哀不用看

全因欢乐降

还有最后一句。他们俩望着彼此，一起等待最终时刻的来临。

中间人：代理

1

天色已近黄昏，灰色的云层压在头顶，阳光数日不见，战火也未烧到此处，一切都平淡如常，蒙着一层煤烟的暗色。码头已经不远，混浊的江面上，船只穿梭不停。一条普通的运煤船上，多搭了五个普通的旅客。见城门将至，船舱里的四个大汉忍不住往外张望，虽身着便装，但明显是军旅中人。舱中还有一人，灰衣短装，头发胡须已久未打理，似乎是被看守的犯人。他的眼神呆滞，面色暗淡，仿佛正魂飞天外。

海里的波浪随着我

一浪接一浪正为我高歌

耳边仍然回响着她独特的嗓音，熟悉却陌生。那是一种清幽的机械女声，低沉，寂寥，有一种来自逝去年代的雅致在里面。壶卢岛如地狱般的景象犹在眼前，但最后发生了什么，沈汉生却无论如何也想不起来了。不过，从他还活着这一点来看，很可能发生了他最不想看到的事。

“来了。”一个尖锐的声音说道。那是一个毫无感情的合成女童嗓音。

他从布包中取出一个小半尺高的鬼娃傀儡，放在桌上，那声音就是从这里传出来的。船身摇晃，傀儡也跌跌撞撞，似乎在尽力站稳。

“来了来了。”傀儡继续说道。

“搞什么，”外面一高个汉子转头往舱内喊，“把那鬼东西关了，怎么又开始了！”

舱内的男子没有理会，一脸严肃地盯着傀儡锈迹斑斑的铁壳下巴。

“全部。”傀儡说，“全部都会死。”

“沈汉生！”那汉子怒道，“老子给扔水里去啊。”

“都会死。”

那人一边骂着，真的冲进来，抄起傀儡，往窗外江水中扔了下去。

“喂……”沈汉生话没说完，站起来挤开那汉子就往外冲。对方一脚飞来，正踢在他腰上。沈汉生呻吟一声倒在船舷边，疼得龇牙咧嘴。他顾不得叫唤，一个猛子扎进冰冷的江中。好在那傀儡大部分是木头，还浮在江面上，若隐若现。

“给我游回来，老子枪毙你啊！”船上那人大叫着掏起枪来。

沈汉生没理会，忍着腰上的疼痛，奋力往傀儡的方向游去，混浊的江水抽打在脸上，有一种久别重逢的感觉。

“回来！老子开枪了啊！”

沈汉生加快了速度。

这时，船上传来一声惨叫。

沈汉生没有回头，耳边又炸出几声慌乱失控的枪响。浪头一个个涌来，江水灌进耳朵，沈汉生暂时什么也听不清了。似乎有短暂的叫喊声，断裂声，惨号声，一切又归于寂静的时候，他拿到了傀儡。

沈汉生划拉了几下，换了个方向又浮出水面，此时离船已有一定距离，看不真切，只见船舷边扑着几具尸体，其中一个的头部只剩下一半。鲜血从船舷上如瀑布般流下，船尾开始浸出暗红的尾迹。谁干的？沈汉生心中暗暗叫苦。

不论是谁，总之不是来救他的。现在，世上已没有人会救他了。无论是奉军、工会，还是伪满洲国军，过去至少还愿意利用他的力量，但如今他大势已去，谁都想杀之后快。

一个身影行至舷边，向江中缓缓扫视。他身着黑色长衫，风度儒雅，在颠簸的风浪中竟不动如岳。

沈汉生看到他的瞬间，寒气贯透全身。这不可能。

刚才耳边风驰电掣的刀速，沈汉生此生只听过一次。

她移动起来犹如鬼魅，沈汉生的肉眼已经无法看清，只听到金刃破空之声。一眨眼间，杨世宗的头已经旋转飞起……伪满洲国军士兵仿佛见鬼一般号叫起来，纷纷开枪。一道幽灵一样的暗影掠过，到处都是枪声和惨叫声。沈汉生只能从飞起的残肢和弥漫的血雾中，才能勉强追踪到杀戮行进的路线。

一切尘埃落定时，沈汉生终于看到了她手中寒气逼人的兵器，那是一把晶莹的冰之刃。

船舷上那人右臂轻轻一挥，手里的长刀往水中飞去，但在风中突然化为雪粉，尽数消散。

“这下死定了。”沈汉生真切地感到自己在发抖，猛地吐了口气，急往水下沉落，随着江流潜行。小时候他常在这河段游泳，对暗流漩涡的位置还能记个大概。憋着气硬是不敢冒头，直到下一艘船从头顶驶过，方敢躲在船后钻出水面，拉着救生圈的绳索，泡在水里一路向下游而去。

船至朝天门二十六码头，天已全黑，沈汉生全身湿透，爬上小路破烂的台阶，疲惫不堪地在路边一棵大树前坐下。这条直上直下的小街一入夜便灯火连天，人声嘈杂，买卖热闹得很。

“是先在这避一阵风头，还是直接去云南？”他拿出傀儡，对它问道。

“不对。”傀儡说。

“这老妖怪既然今日能找到我，迟早还能再找到。我一日不离开重庆，便是一日生死难测。”他叹了口气，“死得梆硬，跟川军这几个小崽子一样。”

“不是。”傀儡说。

“那你到底想怎样？是不是该修修了？你看，若是他们没死，把我带回去见陈少，我不也是死路一条？若是不逃，你倒告诉我怎么办。这也不是，那也不对。明日天气如何？”

“闭嘴。”合成声瓮声瓮气。

沈汉生想笑，一时又笑不出来。这倒是她的口头禅。沈汉生在网络中驰骋风云、大开杀戒、威震诸天的日子，再也不会回来了，A 面带走了他所有的力量，现在的他既没有战技护身，心智也残缺不全，无非是身躯脆弱的凡夫骨血，信智幻灭的行尸走肉罢了。

沈汉生站起身来，走到路边，遥望远处黑暗中船灯摇曳，沿着码头一圈排开的船只中，确有一些宽大的客船，应该是往下游去的，“战火还在南京，去武汉应该是安全的。先离开这里最要紧，然后再搭车去云贵。好，就这么定了。”

“闭嘴，先修好你自己吧。”傀儡说了句完整的话。

“我倒是想修，怎么修？别说打仗，网络我都不知如何连上，我的武器全都被带走了，而且还是被我自己的另一半带走的。”沈汉生垂头丧气。

傀儡的头僵硬地扭动了几下，似乎在计算什么。

“不是。”傀儡说。

沈汉生若有所思地转过身，又坐了下来，弯下腰，盯着一动不动的傀儡，“你说什么，你的意思是没有全部带走？我还留下了什么东西？”

“是。”

“这不可能啊，”沈汉生捏着胡须，“我的意识手术，手段何等高超，内观意识结构，搭建精神防御，可以说天衣无缝。所有的战斗技巧、云中秘技、攻防心法，甚至连脑桥接口精神器官，全都移植到 A 面上了，那是我的全副武装啊。如果说剩下什么，我怎么想不起来了？”

“想起来。”

沈汉生身体一震，想要开口，话到嘴边又咽住了。他摇了摇头，“就算 A 面在手的时候，我也不是他的对手，如今他又得了日军的义体，无人能敌，就算我能想起什么剩下的能力，我的胜算也是零。你说，我能做什么？”

“去战斗。”

沈汉生紧捏着胡须，默默深思，任耳边喧哗声渐渐远去，直到眼里生起暗淡的光，他想到了一个人，缓缓坐直起来。

“去找我。”傀儡补充道。接下来便再也没有开口。

沈汉生眼睛一亮，刹那间有种说不清楚的强烈感觉，这句话隐藏着最关键的信息，但它并不是字面上的意思。

2

洪云洞在半岛喙部的一侧，从闹市进去，很容易找到入口，但往上的路却纷繁迷乱。沈汉生对古代传说也不甚了了，只知道说这洞中有通天仙人之类的，此刻想起倒也十分适合，不如三跪九叩，求神拜仙，让自己也能飞升云天网境就好了。

山崖上的洞穴大大小小，洞内洞外建筑复杂连绵，开凿铺设，有梯有桥，已经成了一条沿陡坡盘旋上升的街道。空中无数线缆犹如密布的蛛网，吊脚楼与商铺小摊密密匝匝地挤在线缆交织成的空间里，凌乱中倒也井井有条。梯级上的青石板与古代层层堆积的管道交错，编织成令人时空感紊乱的巨大迷宫。蕨类和青苔填满了剩下的缝隙，黄桷树和榕树倔强地占据了天空，地下裸露断裂的古代管线大多已经朽败，树根从管中奔流涌出，与线缆早已不分彼此，相拥生长了不知多少个朝代。

沈汉生加快了脚步，紧张得几乎窒息。在间谍的世界里生存，情报就像空气和水一般。以前越是在耳目密集的地方，越是自在从容，深藏于网络众生，如同坐享神之视角，以万物之眼监视着周围的一草一木，行动鬼神莫测。但如今的沈汉生，只要人一多，便感到危险重重，浑身冒汗，有种即将在人海中溺水而亡的感觉。

行至半山腰，买卖的摊位稀少了很多，再往上就没了正经街道，只剩下恐龙化石一般的木头长廊与石窟的混合体，木构早已年久失修，洞窟土层中嵌着残缺的巨大合金器件，犹如锈迹斑斑的巨人骨骸。这里掩埋着的应当是某种古代的现实基底，支撑着庞大到今天已难以想象的云上巨物。

再往上爬了五六层，便没什么人了，沈汉生爬得头晕眼花，仔细认了认路，沿着记忆中的方向，七拐八弯终于进了一条黑黢黢的走廊。廊中的拐角站着一个戴着墨镜的男子，透过整齐的灰白马褂能看到极为发达的肌肉线条。他的右手正持一把美制卢克点二四，端在腰间，稳稳地指着他。

“沈兄，想不到你竟能破掉我的无间迷阵！”

“听我说，我已经……”沈汉生气喘吁吁。

“无声无息就能看透我的云界迷雾，没有留下任何痕迹，便能打破我精心布置的七层迷阵潜入此处，真不知你的绝技已经达到如此境地！你是怎么做到的？你是来杀我的吗？沈兄，我杨老四不欠你什么，该还你的我都还了，上次可不关我的事……”

“你那个……雾……厉害……但对我没用，因为……”沈汉生喘着大气。

“厉害个屁，还不是被你破了！你这是讽刺，是挖苦！”

“因为，我……我掉线了。”

杨老四的嘴还大张着，一时竟不知该如何回应。

穿过几段曲折的回廊，来到杨老四的客厅，也是由悬崖上凿出的一座拜殿改造而成的。这小庙曾经拜的是谁，倒也无关紧要，现在已堆满了杨老四各种难辨用途的物器。杨老四是峡口帮的四当家，这里算是峡口帮的一个秘密聚处，但平时也就是杨老四和手下在这堆点器材货物。杨老四令一众小弟全都下了楼，现在厅中只有他俩。

“所以，沈兄你，竟把情绪防御系统融入武器框架中，构建于独立意识之上，名为——A 面，战斗时不但有超人的反应速度，也不会受情绪的干扰，必要的话还可以施展精神分裂……不是，分身的绝技。这意识架构真是，啧啧，精妙得紧啊。”

“少废话了，你就说到底行不行？”

“精妙，但又可怖，”杨老四还在回味，“这样一来，不论做了什么坏事，都不会受到良心谴责，情感冻结，毫无波澜，绝不会影响理智判断。沈兄，你一向以凡人无法企及的冷血和专业著称，果然其中是有原因的。”

“现在什么都没了，你高兴了？”

“到底是怎么没的？”

“有个高手，”沈汉生叹道，“趁我分身之时，把 A 面从我的意识中切除和驱逐了，现在尚且不知死活，但有人在网络中见过，说还没死。”

“没了武器也没了盔甲，武功尽废，何其惨也。我懂了，你想重新找到回归云中世界的路，然后呢？”杨老四斜瞥着他。

“然后找回 A 面，重新合并成完整的我。”

“咦，对了，”杨老四突然想起了什么，“你的老相好被抓到伪满洲国去了是吧？你之前不是去救她了吗？后来怎么样啊？她到底死没死？”

“你有完没完？就说行不行吧，不行我找别人。”

“当然行，老规矩，你欠我一次情报，我可以指定任何目标。”

沈汉生勉强地点了点头。

“好！你这个问题，需要的是电子脑专家，我的专长也不是这个……”

“不行就早说啊。”沈汉生烦躁不已，站起身来正要离开，却听见楼梯上传来轻盈的脚步声。

“沈兄还记得北村周平吗？”杨老四说，“北村老师，仙台来的电子脑研究员。”

沈汉生似乎吃了一惊，急转身来，面前却是一个身材矮小的女孩，十八九岁的样子，皮肤是深沉的小麦色，精神的短发，穿着简单的白衣黑裙。

“她是……”杨老四正要介绍，女孩打断了他。

“我是北村纪江。我的父亲是北村周平。”

沈汉生看着面前的女孩，面容清秀婉和，完全不似长相豪俊的北村周平，而且有种难以形容的陌生感。

什么地方不对劲。

沈汉生不仅是对这张来自日本的面孔陌生，对发音接近完美的汉语陌生，而是对她说话的速度、语言的节奏感到陌生。她的眼睛大而明亮，但眼神有种说不上来的迟滞感，跟她的眼睛对话，就仿佛往一泓清丽的溪水中丢入石子，却迟迟激不起波澜。仿佛每次对她拨打一通热情的电话，得到的都是一封礼貌的邮件。她好像独自生活在自己的世界中，与这个世界的连接若有若无，若聚若散。

“纪江……”沈汉生皱起眉头，“小时候见过吗？我似乎不记得了。”

他转过头，小声地问杨老四：“你不会是说，要她来修我的脑子吧？”

“当然，她可是北村老师的女儿。”

“那她先修好自己的脑子再说吧，”沈汉生说完偷偷看了眼纪江，没有明显的反应，也不知有没有听到，“杨老四，这里是什么地方你搞明白没有，胆子也太大了，如果他们知道你收养了日本人……你知道战争已经……算了，反正你也不会听我的。我走了，好自为之。”他朝纪江匆匆点了下头，便要离开。

“沈先生，”纪江往前追了两步，拽住他的胳膊，“你的要求虽然难，但也不是不可能，现在放弃未免也太早了。只不过，每个人的入口都不一样，你想重回云端，必须要想起来，自己走的是哪一个。”

沈汉生本来已经决意放弃，听到“想起”二字，正是傀儡所提到的，心中一震，不由得迟疑了脚步。他盯着纪江，她的脸清瘦、坚决，那种灵气倒仿佛是传承了北村老师的神意。

“大夫，你帮不了我。我的那道门，跟你们的都不一样。”沈汉生说着就往回抽手，但纪江抓得很紧。

“其实我知道你是谁，”纪江突然以一种大人的低沉语气说道，

"你不用躲。"

沈汉生立在原地，似乎早有预料，又出乎意料，咽了咽口水，张嘴又不知道说什么，空气顿时沉重起来。

杨老四只是默默地看着纪江。

"你在奉军，是徐虎手下的网络特种兵。"纪江又说。

"既然你都知道了，又不放我走，是想报仇吗？"沈汉生看了看自己的胳膊，纪江还没有放手的意思。

"我的父亲在塘沽被围的时候，整条海岸线都被炸到电磁瘫痪，他就托渔民从海上偷偷带出来一封信给我，告诉我别担心，奉军里有个人会去救他，那个人叫沈汉生。"

她说话时仍然带着那种难以捉摸的疏离感，沈汉生竟无法分辨语气里到底是杀意，还是敬意。

"你收到那封信的时候，他已被徐虎处死了。"沈汉生转过头，看着她的眼睛，期待解读她的回应。他发现自己好像在读一本日文书，偶尔能看懂几个字，但整体是什么意思，却是一头雾水。

纪江没说什么，只是专心地观察着他。

沈汉生想，她的意思如果往好了猜，大概是：这次换我来帮你，但不保证保你狗命。

她眼神坚定，没等到沈汉生的同意，便已进入了医生的角色，信口问道："沈先生，你第一次是在什么时候，什么地方，怎么进的网络？我得跟你回去调查一下。"

"喂，这个可不能随便……"杨老四听到这里，终于慌了。这不仅是个隐私问题，而且是个极度危险的问题。最初的路径即是一生必经之路，若是被人掌握，便可能在其中设下极厉害的陷阱，甚至可以切断其脑桥，令其在现实与云端之间魂飞魄散，一如 A 面的遭遇。

沈汉生皱了皱眉，他确定这个女孩没有可以治愈他的手段，问出这种问题就说明她对现实世界的暗面一无所知。不知为何，心下突然泛起一丝游离于理智之外的感伤，破碎的链路，与世界的隔阂，与人类的界限。他不知道自己为什么想要把自己的秘密随意交给一个人，不知道为什么突然想要信任她，或许不是信任，只是对北村周平的愧意与遗憾，或是对自己苟延残喘的生命的厌弃。有什么关系呢，反正永远都回不去了，就算死在这个女孩手上也不是一件憾事。

反正她也永远不会回来了。

“离这儿有点远，往北翻上几座山。”他低头看着一脸坚决的女孩，把她的手指从自己的胳膊上掰开，“那里就是我第一次进入云中世界的地方，罗安寺。”

3

清晨。

雾气令洪云洞的山路看上去曼妙通幽，步行其上，有种正在逃离物质世界、飞升天境的幻觉。两人穿过长廊，继续往上攀登，快到洪云洞的崖顶，层层叠叠的吊脚楼又开始冒出来。登上中间狭长的梯级，从锅碗瓢盆、烟雾缭绕的后街钻出来，便回到了车马喧嚣的大道。他们沿道路前行，在山脊和山沟间上上下下，树林茂密，早晨的露水凉爽宜人。

“你一直带着的这是谁？”纪江盯着沈汉生背囊中露出头来的傀儡。

“你要是问它，它会说它是凌。”

“是吗？你是谁？”纪江对傀儡问道。

傀儡没有说话。

“我在路上找到了它。不知什么时候，凌在我可能会经过的地方，预留了一些意识残片，让它们给我传递信息。鬼娃傀儡的记忆域太小，只能装下一点点的意识，自己都不知道到底要传达给我什么信息。”

“那它是不是像在做梦一样？”

“不知道。”

“你说的凌是谁啊？”

“一个朋友。”

“那你怎么知道，这个傀儡要传达给你什么呢？”

“它如果说出了真正重要的信息，便会永远闭嘴，不再说话了。”沈汉生停下脚步。

“就好像梦醒了一样。”纪江抬起头。

“我们到了。”沈汉生挥手指了指面前巍峨的山门。

罗安寺已经荒废多年，从清末开始衰败，香火日渐萎缩，到现在早已成了一座空寺。现在只能从高广的屋架和雄浑的梁斗隐隐感受到当年的壮阔气象了。

沈汉生小心确认了没有任何人跟踪，从侧门掰开两根封条，钻了进去。纪江的身体瘦弱，动作迟滞，显然没有任何功夫在身，沈汉生叹了口气。

山门的斗拱上卧着一具精巧的机器，正是特务机关配置的谍报用变色蜥蜴。此时蜥蜴被感应器激活，轻巧地爬上山门的屋脊，浑身变回金属灰，竖直尾巴，开始传送图像数据。沈汉生的肉眼毕竟视力有限，竟没看到它。若放在过去，实在不可能出现如此严重的疏忽。

“沈先生，我需要知道，你第一次进入云端时的细节，”纪江拿出笔记本和一支印有日文的金属圆珠笔，认真地记录起来，“这样我才能缩小问题的范围。”

沈汉生苦笑了一下，关于脑与网络的关系，尤其是脑子的问题和弱点，他这个前电子战专家，恐怕比这些所谓的脑专家知道的多得多。

“那时罗安寺香火旺盛，禅心宗还如日中天……”

“等等，禅心宗时代？你不是在跟我说笑吧，那得是多少年前了？”

沈汉生笑了笑，“总之那个年代禅心宗的信徒不少，我七岁的时候，也来罗安寺参加入明法会。每个人的第一次都很麻烦，从觉知的洪流中找到网络的实感，从浩繁的意识中找到森林的出口，构建脑桥，将其从潜意识带到显意识层面，这事只能意会无法言传。现在西学东渐，用的都是外国科学的法子，但那时候只能通过念诵咒语。咒文的神秘力量是种暗示，可以引导出所需的心理结构，虽然更困难，容易失败，但掌握之后，因为来自直觉，连接会更快，更健壮，不易受外部影响。”

“更适合打仗。”

“嗯，”沈汉生和纪江缓缓走过正殿前，地上已全是杂物和落叶。“当时法会举行了三个时辰，在场的所有小孩，都找到了对自己灵验的入云咒，除了我。法会还未结束，父母不能上山，只能在山下等候。我就坐在此处，想到自己一生都将被困于实体世界，只感到强烈的厌弃，却不觉得悲伤，似乎这一生跟我没有什么关系。”

“然后呢，然后呢？”

“奎大师看别人都已完成仪式，最后只剩我一个人坐在那里，便走过来，说我天生迟钝，让他好生失望，当下又传了我另外一个咒语。我当然知道那个，却觉得十分荒唐，怎么也不信它能灵验。奎大师脾气大，吼了我两句，我怕他打我，只好认真念诵，突然间，那道便成了。飞升天境之时，我才明白自己与其他人截然不同。奎大师脸色复杂，似乎感到难以置信，却又早已有所预料。”

“那是什么咒语？”

“是出云咒，也就是离开云端，返回现实世界时所使用的。我问奎大师，这意味着什么，我到底有什么问题。他没有回答我，只是念诵佛号。”

“你就没问了？”

“我怕挨打。”沈汉生说着，自顾自地走进面前的法堂。

禅心宗的佛寺内一般不立佛殿，仅设有法堂。罗安寺的法堂是一座面阔七间，重檐歇山顶的大殿。

纪江紧跟着迈入殿内，残存的法座上空空如也，四处撒落着木料柴草的边角残渣。遥远的地方传来几声狗叫，山门的方向隐隐有鸟扑动翅膀的声音。

沈汉生点了根烟，往供桌上一坐。供桌废置已久，桌面的木头被压得噼啪直响。

“喂，北村医生，该说的我都说了，现在你告诉我，”他拿烟头往天上一指，“那门究竟在哪儿？要是回到这里就能再找到门，我早就回来一百遍了。”

“还不确定，”纪江皱着眉头，手上把玩着那支圆珠笔，“但我大致猜到一些。”

“说来听听，接下来要开药吗？还是动手术？”

“要动个大手术，可能会死。”纪江似笑非笑，把笔往兜里一插。

“你别扯了，赶紧把我的脑子弄好，我也不用老是劳烦你，还有老四和他那帮弟兄。你们别跟我扯上关系，能少点麻烦，还能多活两年。”

“什么麻烦？”纪江立刻警觉起来。

殿外远处传来一声轻响，虽然极微弱，沈汉生也已听出那是树枝断裂的声音。他把烟往香炉里一按，回身轻轻关了殿门，拉着纪江往殿后走去。这里除了佛台供桌之类的，并没有什么藏身之处。沈汉生凝神片刻，往头顶上梁架一指。

“我可上不去！”纪江瞪着他。

沈汉生指了指旁边的梯子。

“那边是后门，我们从后门走。”纪江说着便往殿后跑去。

沈汉生一把拉住她，“跑得了我一个，跑不了我们俩。他们有八个人。”

南北两边的殿门被同时撞开，两队身手敏捷的士兵持枪突入，清一色的身着川军的深灰色军衣。太阳已经升起，阳光从门窗的破洞里照进法堂，里面空旷无人，尘埃在阳光中缓缓游动。为首的士兵迅速吩咐了一下，两人继续在门外值守，其他人四散至别处搜寻。

“要是我没掉线，早发现他们了。”躲在梁上的沈汉生皱眉道，“这附近定有许多眼线、自动装置、监视机关、拟态机器，你看不见吗？”

纪江瞪了他一眼，“当然能看见，看见又怎么样，它们的眼睛又不是我的。”

沈汉生想到，即便纪江能找到这些眼线，也不知刺探、夺取、利用之术，一时感到心烦无力，想到此时还不能抽烟，便更烦躁了。

纪江匍匐在旁，沈汉生能感到她在颤抖。想到从未上过房梁的她若是从此处跌落，恐怕有性命之虞，沈汉生伸出右臂，轻轻扶住她的肩膀。渐渐地，她的抖动平息了一些，呼吸也均匀了。

下面这八人都是川军的好手，不知何时才会撤走。他们这动静闹得太大了，沈汉生有种不祥的预感。

“沈先生，”纪江盯着下面，悄声问道，“凌到底是谁？”

是啊，凌到底是谁？有时候连沈汉生自己都无法回答。回忆与现实总是无法环环相扣，过去与未来谁更像幻觉，有时候也很难分清。沈汉生每次思考这个问题时，总感觉自己像一只纤弱的帆船，行驶在漫无边际的大海中，四周涌动着记忆的迷雾，而凌是雾中的灯塔。

“你可知道，世上有些人，你跟她在一起的时候，会感觉心跳加速，仿佛时间停止了一样。凌就是这样的人。”

纪江眼睛明亮，似乎早已知道一般。

“那时我在政府军。广州郊外，有一次苦战，我们被围，死了很多人。”沈汉生缓缓说道，“绝望之际，她从天而降。我只记得她那天戴着墨镜，枪法如神，整条防线终于重燃希望。最后我们突围成功，活了下来。那是我认识她的第一天，从此以后，一切都改变了。”

“然后呢，发生了什么？”

沈汉生一时不想回答纪江，这些事他从不向人提起，不知自己为何已经跟她讲了这么多。若是换个时候，他恐怕会立马转身走掉。但现在被困在此，一时间也走脱无门，罢了。

“那时候，一起战斗过几次，第二年我进了特务部门，搞电子战和网络谍报，我干得很顺。此生第一次，我终于相信，每个人都有自己的位置，有自己特别的使命。我明白，有些事只有我能做到，或许我就是为战场而生。”

“想不到，你也有过年轻的时候。”

“是吗，我也没想到。”

“那你现在还信吗？”

“我现在只知道自己会死于战场。”沈汉生干笑了一声，“一切都变得太快。那时候的南京政府军几乎就是我的信仰，而川军是我们最铁的盟友。”

纪江皱了下眉，若有所思，“他们为什么杀我父亲？”

“他们说他是间谍。你知道川军为什么要杀我吗？”

“我猜，说你是汉奸。”

门突然被推开，一名身材高瘦的川军军官走了进来，往四处一番扫视，目光最后落在了供桌前的香炉上，那里倒插着一根烟头。

外面跑进来两个士兵，报告说整个罗安寺都没有找到，请示是否撤退。军官没有回应，似乎在思考什么。他走上前把那根烟头轻拔出来，细细端详。另一只手缓缓放在了手枪柄上。

“糟了，”沈汉生一把抓紧纪江的手臂，“你躲在此处，不论发生何事，静默网络，切勿出声，切记！”

纪江从未听过沈汉生如此严厉的语气，下意识点了点头。沈汉生抽出自己的手枪，塞给了她。

那军官突然大喊：“沈汉生，还不出来？”

他的声音刚正厚重，犹如洪钟，在殿内久久回响。

“那，恭敬不如从命了。”话音未落，沈汉生真的从一根歪歪斜斜的巨柱后面走了出来，表情甚为自在。所有人都吃了一惊，手中枪杆急提。

“我可没带枪，”沈汉生摊开双手，眯着眼睛，“别来无恙啊，陈少。”

“狗日的汉奸，”陈少的手紧紧握在腰间的枪柄上，“今天看你还能逃到哪儿去。上次是我糊涂了，没把你就地正法。想不到你害死我们这么多弟兄，竟还敢来城里。你这狗胆我倒是佩服，别的不用说了，等着枪毙吧。”

沈汉生眼角的余光打量着四周，前门后门各有两人堵着，加上陈少，这五杆枪对着他，而且还都是川军好手，恐怕任谁都是插翅难飞。

“你说谁，我是汉奸？这帽子可不是随便扣的。我什么时候帮过日本人？我这辈子连一个日本人都不认识。”

纪江在屋梁上，默默地捂住自己的嘴。

“少跟我扯淡，你这老东西睁开眼睛看看现在是什么情况，战争已经开始了！你到如今还不知醒悟，完全不管同胞的死活，只知道躲在后方，自己保命！”

沈汉生没有出声。现实中的战线虽然还远在天边，但网络中想必已经烽火连天。陈少此时还不知道沈汉生已经掉线，但沈汉生也不敢做任何解释，让对手知道自己武功尽废，绝不是明智的选择。

“你还骗我，暗中投靠了工会不说，还去帮俄国人救囚犯，挖情报，被日本人下套，我问你，你的脑子里都是什么？”

“别胡说八道了，工会的人可比你们还要抗日，我是去救我的朋友，关俄国人什么事……”

“抓起来。”陈少一脸怒气，不想听他解释了。

两个壮实的川军士兵逼过来，前面的一个嘴里哼了声，对着他的脸就是一枪托挥过来，沈汉生反应还算敏捷，闪身躲开，又飞起一脚，逼退了另一个。未等他站稳，陈少一个大步迈过来，当中一记凶猛的冲拳，正崩在沈汉生的下巴上。这拳势大力沉，沈汉生顿时金星直冒，陈少又是几拳过来，左右开弓，沈汉生挡不住，失去重心倒在地上。两边大汉一拥而上，把他牢牢按住。

沈汉生咳了几下，嘴边和鼻孔鲜血直流，却又笑起来，“你以为川军那几个小伙是我杀的？你看过他们的尸体了吗？”

“这你还要狡辩？”陈少狠狠地抓住沈汉生的衣领。“我当然看过了，你可知他们死得多惨，我永远也忘不掉！我也看过伪满洲国军尸体的照片，壶卢岛监狱被你们干掉的伪满洲国军，手法完全一样，若不是你杀的，就是你的工会同党！休想再骗我，老实交代，是谁干的？”陈少气得发抖，又举起拳头就要朝沈汉生的脸上抡去，沈汉生被架着，避无可避。

纪江忍不住发出一声惊呼。

“上面有人！”守在前门的一名女兵突然惊呼道。枪口一举便往空中开火，子弹一颗颗崩在梁架上，木屑纷飞。纪江吓得闭上眼睛，动弹不得，弹道几乎擦着身体飞过，黑布裙已被穿出好几个洞来。

刹那间，所有人分心之时，沈汉生突然手肘一拧，摆脱了后面两人，闪身冲向陈少。对方一挡，沈汉生却是虚招，一晃兜到身侧，伸手拔出了陈少腰后那把匕首，刀刃雪亮，川军麒麟纹银光游动。沈汉生反手握刀往陈少脖子上一绕，陈少则同时拔枪入手，顶在沈汉生的鼻子上。

这种时候，谁也不会手软，两人一动不动，凝神屏息，你死我活的瞬间一触即发。

这时，远处隐约传来稳稳的脚步声，一步步似气定神闲。沈汉生心中咯噔一下，从脚底升起一阵彻骨之寒。

4

“陈少……黄大哥,”一个士兵推开门，惊慌失措地跑进法堂，“黄大哥被……被……”

陈少还举着枪，瞪着沈汉生,“被怎么了？”

“被切……切……你自己……看……”士兵被吓得话都说不清了。

沈汉生闻言，叹了口气，把刀一收，扔给陈少。“要杀我现在就杀吧，反正我们都得死，没人能逃出去。”

陈少瞪着他,“你说什么？”

“除非你能逃得比子弹还快。”

陈少仍然用枪指着他，忽然面色一沉。沈汉生知道他在调阅附近的情报。此寺荒废已久，军队的侦查机器也部署甚少，以至于竟对威胁毫无预警。

“快叫援军。”沈汉生压低嗓门。这是他和纪江活命的唯一机会。陈少面色越来越难看，额上渗出些许汗珠。

“现在就叫，快，能叫多少叫多少。”沈汉生擦了一把脸上的血，

“这是你们活命的最后机会。”

“把他看好了。”陈少丢下一句话，转身冲到法堂门口，沈汉生也跟着往门外望去。

一个身着黑色长褂、留着辫子的老者，刚进山门，正在庭院中信步前行。山门处有两个……不，是一个人被拦腰断为两截，残躯还在地上缓缓蠕动，鲜血流了一地。四个川军士兵举着枪，远远把那老者围住，却没人敢上前，反而都在慢慢后退。

“站住，再不站住开枪了！”刚才守前门的那个女兵甚是勇猛，冲到院中，对那老者大喊。看他毫不搭理，她毫不犹豫地扣动了扳机。

枪响的瞬间，那老者已不在原地，没有人看清发生了什么，只见女兵的左臂已断，身体软软瘫倒，从左肩到胸口被一刀切开，鲜血从心口一阵阵流出，好像汩汩的泉水。旁边的士兵大骇不已，竟忍不住惊叫起来。

陈少大喝道：“你是什么人！”

老者从尸身前走过，“这么快就帮我找到了他，得好好感谢你们。”

陈少一惊，认出了他的脸，那张遍布沟壑的苍老面孔。陈少曾在云上堡垒见过他的数字形体，这是第一次见到他的真身，长相竟是一样。他是日本势力控制的代言者，伪满洲国的杨世宗。

看着他信步走来，越来越近，沈汉生不知眼前是不是错觉，但分明看到杨世宗正踏着炼狱的无明烈焰前行，连周遭的空气都在隐形的烈火中颤动，仿佛他经过的一切活物都会就此燃烧殆尽。沈汉生感到强烈的拔腿就跑的愿望，连魂魄都在一点点拼命逃离自己的身体。

沈汉生看了看旁边，陈少全身微微颤抖，想必也有跟他完全一样的感受。他想到，陈少现在应该知道船上的川军是何人所杀，自己应该暂时没有被陈少就地枪毙的危险。但此刻的危险尤胜于被川军打成筛子，而他们甚至还没有一点逃命的意思。

“你们俩把他带回军部。”陈少把匕首往腰后一插，枪交右手，对后面两个人挥了挥手，指向后门。意思是自己和其他人已经足够应付来敌。

沈汉生苦笑了一声。

“谁敢把他带走！”杨世宗开口了。

“友邦待你不错啊，”沈汉生笑着说，“把你救活，还给你配了日本军用义体，定是有什么好差事？油水应该不少吧，有什么可以效劳的，随便吩咐，在下定当万死不辞啊。”

陈少恨不得一刀砍死他。

“客气，客气，日本人只要你的脑子，”杨世宗说，“是你把头切给我，还是我动手自取呢？”

沈汉生仿佛看到自己湿乎乎的脑子被他抓在手里，顿时全身一阵痉挛。心想日本人这么大动干戈，不惜泄露战争义体的机密，派出顶尖高手取自己的电子脑，不料自己早已成废物一个，竹篮打水一场空，我沈汉生这也算是精忠报国了。

当时凌那具义体，沈汉生看过几眼。远看光滑如肤，近看则密布微孔，虽没有人的毛孔那么细密，但也成千上万，每个小孔如同导弹焰口，不知其原理，但能为机体提供极高的瞬时动能。沈汉生此时虽在川军士兵手里，但要说他的脑子其实已经在杨世宗的手里握着，也不无道理。

这里的其他人，基本上已经是死人了。

“让我跟他走，”沈汉生悄声对陈少说道，“你们千万别拦我，也别动，等我们走后，便逃命吧。”

陈少是坚决的抵抗派，哪受得了敌人在自己面前如此狂妄，何况还是杀死自己部下的凶手，而且还被手下败将沈汉生如此轻视，简直是耻上加耻，羞辱难当，顿时血气上涌，生死置之度外，举枪瞄准杨世宗，便要扣动扳机。

“别！”沈汉生几乎要闭上眼睛。

在场的其他六位川军士兵也同时举枪，咬牙切齿，恨不得手刃这个伪满走狗。

“有趣，”杨世宗笑了起来，笑声枯槁嘶哑，不似人声，“比谁的枪快吧，谁先开枪，谁人头落地。”

川军士兵知道他所言非虚，紧扣扳机却不敢轻举妄动，不敢相信自己竟毫无抗衡之力，又不愿白白送掉性命，就这样僵立原地。

枪响了。

不止一把枪，是几十挺重型机枪同时轰鸣的巨响，顿时如山崩地裂，土石纷飞。沈汉生一时竟没反应过来，但他马上明白，是陈少的援军到了。

川军向来以自走机械兵团威震西南。得以称霸一方，陈少召唤来的援兵当然绝非等闲自动武器。发起突击的是五架壁虎高射机枪塔，每架枪塔都有一人多高，着地行走的动作快如蜥蜴，势如猛虎。粗壮的弹链上填装的是十二点七毫米反机甲子弹，普通人要是挨上一枪，恐怕会直接崩为数块。壁虎枪塔队从墙外跃入庭院的瞬间一齐平射，织出一张可怕的火网。川军士兵如获神助，顿时精神抖擞，也朝那个黑影倾泻着愤怒的子弹。如此凶猛的饱和式攻击，恐怕真的连一颗子弹都难以轻易逃脱。

沈汉生来不及惊叹，在枪林弹雨中狼狈地着地一滚，流弹和碎石块从身旁擦过，屋顶几乎被猛烈的火力全部掀走，无数砖瓦木块从天而降。沈汉生护着头拼命冲进正在坍塌的殿内，大梁正轰然坠落，纪江已经不在那里了。

突如其来的猛烈进攻只持续了半分钟，便又安静了下来。沈汉生在尘埃中挣扎着坐起，威武的枪塔都还矗立原处，似乎是因失了目标位置而停火。沈汉生心中暗喜，火力压制真的奏效了！即使速度再快，预判能力再强，也扛不过饱和式攻击，只能先撤退了吧。

他抬起头，却看到此生难以忘记的一幕。

硝烟渐渐散去，地上如同一幅巨画，鲜血泼洒着硕大的红色花朵，四散着身着灰色军装的残缺尸体。那是刚才在院中的几位士兵，每个人的头颅都已经不在脖子上了。

杨世宗没干别的，就兑现了他的承诺而已。

陈少在操纵枪塔的时候分心五用，运算过于吃力，被杨世宗以强大的电子手段反击，瞬间便超负荷停转，昏了过去。而那五座枪塔，被切断了与陈少的联络后，数秒内便被砍断手脚，成为一堆废铁。

陈少人事不省地倒在一堆木板灰泥之中。不知何时，杨世宗已经站在沈汉生面前。他右手一翻，露出手中反握的雪刃，那是一把透明的圆月弯刀，和上次的形态又不一样。沈汉生一眼便看出来，这形态是为了方便割下他的脑袋。

“割下来多麻烦，我跟你走不是更方便吗？”沈汉生苦笑道。

“你们砍我头时，却又如何不嫌麻烦？”杨世宗笑了笑，冒着寒气的弯刀，便要挥下。

“住手！”一个女孩的声音喊道。

5

沈汉生没有听懂，她用的日语。

“混账，”纪江从沈汉生身后走过来，骂道，“叫你来抓人，没叫你杀人，你是报私仇，还是干正事？”

杨世宗竟停了下来，神色迟疑，也用日语答道，“长官，你是？”

沈汉生感到无法理解，奇怪至极，因为就算纪江是日本人，也不应该几句话就把杨世宗唬成这个样子。

他不知道，在杨世宗眼里，面前是一个穿着日军间谍机密便装的女子，年纪四五十岁，面色威严。这种便装中隐藏的暗语只有日满谍报人员方能分辨，标示某种军官身份，杨世宗当然也识得。

“你没有权限知道我是谁，”纪江冷冰冰地说，“把这个人捆起来，交给我，你的任务就结束了。”

杨世宗眯着眼，似乎仍没有完全相信，刀还在手中紧握，“长官大人稍等片刻，且待我跟东北防卫司令部确认。”他抬起头，若有所思。

就在他分神传信的一刹那，面前的三个人从视野中消失了。

杨世宗愣了下，低吼一声，双臂一振，寒气猛涨，刚才的弯刀消失了，取而代之的是两柄日本长刀。杨世宗双手挥刀，向四面八方疾斩而去，破空的尖啸卷起一阵尘埃与枯枝的旋风，方圆数丈空空如也，人影并未显现。

身后突然响起混乱的脚步声。他一转身，地上的无头尸体纷纷站了起来，浑身被鲜血浸透，脖子还在喷血，正拖着诡异扭曲的步伐，耸着残缺不全的肢体，朝他狂奔而来。

“哼，无间。”杨世宗调起内观，双眼一闭再一睁，清除伪造缓存，新开安全通道，关闭云端天眼，重启视觉，只用了一瞬间，眼前的幻象被驱除一空。

远处，沈汉生和一个女孩正往山门逃去，沈汉生还背着已经失去知觉的陈少。

杨世宗怒吼一声，凝神拔刀，疾射而出，一道十数丈长的闪电径直穿过三人，下一个瞬间，杨世宗已稳稳地立在他们面前，收刀转身。

无坚不摧的刀光如一道转瞬即逝的长虹，从三人腰部齐齐斩断。

但他们的身体再次化为一阵光影迷乱的清风，消散在庭院的漫天尘埃中。

“无间？！”杨世宗一惊，急忙整理受到攻击的线路，眼前再次清明。但这攻击持续不断，源源不绝，攻击手段绝顶高超，难以反击，攻击源则东躲西藏，几乎毫无破绽。整座寺庙在杨世宗的眼中，不断在真实和虚拟场景中闪烁切换。眼见几人往寺后跑去，追过去后竟又扑了个空，而且自己去的其实是寺前，杨世宗恼怒至极。

“这位高人，要藏到何时，还不露面？”杨世宗大喊道。然而稍一分神，高塔落花，古树转角，真真假假，变幻万端，又不知眼前究竟是虚是实了，这幕后高人死缠烂打的功夫实在了得，一边攻击、一边藏身，同时还创造拟真幻象叠加现实，能力惊为天人。杨世宗明白，人类绝对不可能做到如此程度，对手只可能是机器人。

“够了，给我出来！”杨世宗怒吼道，双手往天空一伸，双刀远远飞出，在爆裂的蓝色眩光中粉碎，温度急剧下降，无数冰晶从空中洒落，化作漫天雪花。这不是普通的雪花，整个区域顿时陷入了电磁屏蔽状态，随着一阵刺耳的尖啸，空气中激发出一阵强烈的电场，所有的幻象瞬间消失了。

杨世宗飞身跃上摇摇欲坠的大殿之顶，终于远远看见三人已经逃到了钟楼下。钟楼顶上却站着一个蒙面的猛壮身影，手持一台连着电线的开关，哈哈大笑道：“妙哉！我等了好久！”

说完，那人合上开关曲杆，一阵连环爆炸轰然而起，整座罗安寺被突如其来的浓雾罩住了。

电磁屏蔽下，杨世宗无法使用远程眼线，失去了所有情报来源，滚滚浓雾中，能见度为零，即使速度再快，没有视觉支持，也毫无办法。

“想逃，没那么容易！”杨世宗道。

他再次发动长程疾冲，如一颗出膛的狙击子弹，精确地闪至钟楼下。杨世宗没有出刀，而是仔细听声辨位，模糊分辨出奔逃远去的脚步方向。

就在此时，眼前的浓雾中突然浮现出一个机器傀儡，长相诡异，如鬼似魅，一时难辨是真是假。傀儡突然悚然怪笑起来，杨世宗一惊，难道又是幻象……在电磁屏蔽时还能施展无间，这简直匪夷所思！错愕中的瞬间，傀儡猛然爆炸，一声巨响，化作一道剧烈燃烧的火墙。杨世宗闪退一步，轻易地避过了攻击，但在爆炸的掩盖下，浓雾中的脚步声已无处可寻。杨世宗紧握双拳，咬牙切齿。

迷雾之阵，无间之技，他曾经听说过这个在江湖消亡已久的传奇，他知道这位蒙面高人应该从何处去找。

沈汉生他们从北边后山侧门绕出，钻进闹市小路，把浑无知觉的陈少悄悄丢到警察哨所门外，再穿街走巷地下了山，跳上杨老四之前准备好的小船，便顺流往城中方向而去。

纪江疲惫至极，已在船舱内沉沉睡去。

"老四，"沈汉生从舱里出来，叹道，"无间果然厉害。"

"你懂个屁，"杨老四说，"你又看不见。"

"老四，"沈汉生低声道，"我虽然看不见，但也知道方才的操作神鬼莫测，绝非人类所能为。"

杨老四没说话，默默地抽着烟。沈汉生盯着他的胸口，不过并没有烟雾漏出来。

"我这次真的死定了。"沈汉生又说。

"老子死好多次了，不差这一次。"杨老四咳了声，吐出一口带着浓烈机油味的、厚重的烟圈。

6

回到洪云洞的客厅之中，沈汉生瘫倒在霉斑重重的太师椅上。杨老四站在旁边，一脸从未有过的严肃，虽不发一语，目光却似要刑讯逼问。

“凌的数字意识曾经夺下过一具那样的义体，微喷射，亚音速，超低温操控。那具义体砍下了杨世宗的脑袋。”沈汉生黯然道，“没想到日本人不但救活了他，还给他配了一具同样机能的义体，让他来取我的脑袋。”

“你的脑袋这么值钱吗？”

“他们以为我知道什么机密。”沈汉生苦笑了一下，摇了摇头。

“这义体就是江湖上风传的，日本人的秘密武器？”杨老四说。

“远远不止，”沈汉生表情痛苦，摇摇头，“这只是陆军量产的精锐单兵，想想重型武器会怎样？海军和空军又会怎样？我们的子弹、炮弹，很快就没用了，整个战争的形态都会改变。据说那些跟日本结盟的欧罗巴国家，技术更是远超东亚，神乎其神，你们想象一下……还能怎么办，还有什么盼头？这个世界完蛋了。”

“那你想怎么办？”纪江说。

“我想活下去。回到网络，才有可能活下去。在现实世界，硬碰硬的战斗，速度为王，那怪物没人能对抗得了，你们还不明白吗？”沈汉生突然坐直起来，“到底要我怎么做，才能回到网络？或者我才能想起来？你要是知道就快告诉我啊！”

纪江摇摇头，“这得问你自己。脑子是你的，当然只有你自己才想得起来。”

沈汉生的脑中一片空白，屏息凝气，陷入苦思，几乎憋到窒息。

“这升天之路，我是想不起来了。”沈汉生摇着头。

良久，他突然一拍太师椅，“除非有什么办法能找到 A 面，重新跟他合并。我的武器既然都被他带走了，自然也可以再被他带回来。”

“你不想找凌了吗？”纪江问，“也许她可以帮你。”

“凌，很可能已经被我……”沈汉生低声道，“你不知道，在壶卢岛，我们落入了超限中间人的圈套。我意识到的时候，我身边的她是敌人的分身，她身边的我也不是真的我。我们只有一次机会，就是精准同步击杀身边的敌人。”

“然后呢？为什么说她死了？”

“因为我还活着。当时，我们需要极其准确的同步，那种精确程度是几乎不可能实现的，我们中只能活一个。至于后来的事，我唯一记得的就是被川军的密探抓住了，押送回了重庆。”

“也就是说，你只失去了这段最关键时间的记忆。”纪江若有所思。

“嗯，完全没有印象。”

纪江立刻明白了一件重要的事情，正要开口，她的眼睛一亮，似乎悟到了什么，一时欲言又止。

“纪江，我必须找到 A 面，真的，老四说你能帮我，我相信北村老师，也相信你，但我真不是你说治就能治好的。中国这么大，我只要能离开重庆，随便找个地方一躲，日本人就找不到我……”

“随便找个地方？找什么地方？你就说你还能找谁？”杨老四一直没吭声，这会儿忍不住了。

沈汉生沉默良久，想了半天，最后说：“我记得奎大师在云游四方，虽然不知道他到底……”

“就闭嘴吧你，”杨老四抽出一根烟，“看来你是真的孑然一身了。”

“门口抽去！”纪江生气地往外一指。

“我……我的身体可是全封闭的高级货……”老四气哼哼地又把烟塞回去了。

“还有个办法，这是唯一的办法。”纪江看着沈汉生，“但是很危险。”

沈汉生眯着眼，似乎猜到几分，“你不会是想要帮我去找 A 面吧，那你是绝不可能找到的。”

“你和我一起去，我做你的代理人。”

沈汉生一下子怔住了。纪江利落地站起来，毫不客气地把他从太师椅里拉出来，又推倒在沙发一侧，与她相对而坐。

“我不行，我现在连不上别人。”

“你必须连上。”纪江认真地说。

“喂，”杨老四从桌前缓缓站起，“不论你们要干什么，我们没多少时间了。刚收到消息，帮会有个门面已经被干掉了，一个人都没跑掉，据说现场惨到没人敢收尸。看来，他知道这雾的来头。”杨老四看看表，“找到洪云洞是迟早的事。”

闭上眼，冥想大千数据在电码的嘀嗒声中飞驰，世界在光的海洋中散开又聚拢。睁开眼，沈汉生看着纪江柔和的脸庞，从空气里飘浮的闪亮尘埃中仔细分辨她展开的数据接口，感受她的心跳，但一无所获。

“想想你那条咒语。”纪江说，“出离云端，返归现世。”

“我记不起出云咒了，太长。”沈汉生低声说。但话音刚落，便又想起来了，于是舔了舔嘴唇，轻轻念诵，但一如空谷回声，世界只是沉默，没有任何回应。沈汉生屏住呼吸，集中精力，虽然已经能听到她的呼吸声，但心跳仍然不知存在于何处。

反复尝试了数次，沈汉生终于叹了口气，将心绪收拢，准备放弃了。然而正是这个念头，不知触发了意识中的什么机关，突然间，他竟然能感知到自己在空中展开的数据触角。这是他掉线以来的第一次。沈汉生仔细观察这一念头，将其揉碎剖开，发现其中并没有什么顽强的内核，全都是脆弱的幻想和妄念。正在失望间，其中的一个幻觉却逐渐伸展开来，越来越厚重，几乎能逆穿心墙，成为现实。正是真实世界为之的虚拟幻觉。沈汉生忽然回想起，这似乎跟小时候记忆中禅心宗的宗义相关，具体有何关联，却又想不起来。

就在这缥缈的念头缝隙之间，他发现，犹如拨云见日，自己竟能清晰感知到空气中传来的心跳了，那是纪江已经完全裸露的接口心跳。

沈汉生一凛，呼吸急促起来，拼命控制自己的数据触角，想要抓住她的接口，却感到无论如何也不能接入。那种陌生感依然挥之不去，他和她的节奏始终不能对上，就仿佛两支节拍不同的曲子。他努力去辨识她的模式，去模仿她的拍子，演奏她的音乐，但始终差一点，就是无法对上，每个节拍都打在错误的地方，每个音符都落在错误的频率。他努力跟上，放慢节奏，感应她舒缓的、温软的心跳。如此柔和纤弱的心跳，他此生从来没有听过，不敢触动，却又忍不住触碰，但那里总是有一道越不过的墙。

就差一点了，终究还是不行。

纪江似乎发现了什么，往前挪过来，靠近沈汉生身边，毫不迟疑地抓住他的衣服，“来，看着我的眼睛。”

没错，凌也说过这句话。

给我认真点，凌严肃地盯着他。

沈汉生的目光飘忽不定，不敢与她对视。战友们在一旁起哄，沈汉生，你的悟性太低了！长官在教你绝世武功，不传之秘！

真的什么都没看到啊，沈汉生使劲捶了几下自己的脑袋，只有疲惫和空白。凌只是笑笑，那背后似乎藏了很多言语无法传达的东西，他永远不能得到的东西。

你只是不记得了。

……

过来，看着我。这次只有他俩，山林里温润的风吹着她的头发，他沉默无言，只是伸手为她摘去掉在头上的落叶，鸟叫虫鸣，温暖安静。

……

枪林弹雨，身边到处都是被流弹击飞的枝叶，伴着战友们中弹的呻吟。但他毫不在意身边在发生什么，只是看着凌的眼睛。她倒在湿润的草地上，脖子和胸前全是血，眼中已经完全没了生命的光芒。

看着纪江眼里的光，那光芒如此明亮，带着某种青春的刻度，比她看上去的年纪更加年轻。沈汉生似乎抓住了什么，有种渴望被唤醒了，迷雾重重的希冀近在咫尺，但又相隔时空，远在天边。那到底是什么？

纪江把他抓过来，吻了他一下。

肥皂泡破裂的轻响，时空断裂的轰鸣，一瞬间，沈汉生的心之屏障被击碎，进入了纪江的世界。

如同针头直接注射心脏，痛苦和甜蜜同时轰然而至，刺穿了沈汉生的躯壳，他咬紧牙，使劲闭上眼又使劲睁开，抓住纪江的肩头把她轻轻地推离自己，他看到，她的眼睛清澈了，那层隔阂再也不存在了。

他进入了纪江的时间，那是比世界更缓慢的时间。周围的一切仿佛是电影放映机里投射出的画面，被人加快了卷片速度一般，以一种不真实的节奏在加速播放着。厅外树林成荫，树梢在风中急切地抖动，不知有何事焦虑如此。杨老四接二连三地叹着气，在楼梯前踱来踱去，动作紧张局促。他口中吞吐的烟雾急促地上升，消散，如同转瞬即逝的生命。

原来如此。沈汉生现在完全明白了，为什么纪江的接口心跳无比缓慢温柔，为什么她一直有种格格不入的错位感。一切都清楚了。她的时间虽然更慢，但她刻意加快了说话和行动，以便用正常的速度与他们交流，但必定会极不自然。“你一直是这样的吗？”沈汉生悄悄问道。

“脑电子化的时候，便已经如此了。”纪江微微一笑，“你想不想知道，这样的生活有何妙处？”

纪江的微笑从未像此刻一样，自然，清澈，充满灵气。

“可以享受自己的世界？”他皱了皱眉，年轻人的心境令他难以琢磨。

“可以不用活那么久。”纪江摇摇头，双手认真地交叉在胸前，“开始吧，我们没时间了。”

沈汉生突然意识到她说得没错。风大了起来，空气的流动比以前快了一倍，现实中的一切呼啸而过，他们现在剩余的生命缩短了，存活的机会更加渺茫了。另外，他已经开始感觉到，随着在纪江的时间中待得越来越久，正常世界的记忆正一点点地从他的脑子里溜走，缓慢但无法阻挡地从脑中消逝。就好像一觉醒来，刚刚经历的梦境正在不断模糊和破碎，任凭怎样努力也无法抓住。

他很快明白这是怎么回事，因为脑需要为不同运行速度的意识编织不同的精神结构，而一段记忆只能同时存在于一种结构中。

“十分危险的手术。”沈汉生想起她说的话，但他觉得自己还没有完全理解此处“危险”的含义。能有多危险？他想知道，但又不想问。那个吻又意味着什么？他也想知道，但同样也不敢问。

有那么一瞬间，沈汉生觉得自己糟糕透顶。

“那就开始吧，去找A面。”沈汉生说。他伸手把纪江轻轻拉过来，紧紧抱住，数据的触角从虚拟的空气中伸展开来，缓缓将她包围，一边搜寻她开放的端口，一边与她温柔的心跳同步，完成认证，访问接口，进入她虚无缥缈的外壳，与她紧紧相连，不分彼此。

连上她的瞬间，沈汉生感觉到自己已丢失太久的眼睛，那双云端的天空之眼，如盲人复明般，突然睁开了。

天空某处，一袭白衣从虚空中涌现，纤细的十指握在胸前，虚拟的黑色裙摆在数字的风中摇曳。那双眼睛，正是她清澈的双眼。

纪江成了沈汉生的代理人。

7

斗转星移，四天的时间过去了。

对于他们的感知而言，大约只有两天半而已。

沈汉生和纪江所有清醒的时间都在网络中逡巡。绵延数十个国家的战火，在网络上烧得更旺。没有了物理距离的阻隔，云中战争的蔓延速度快如闪电。历史上的每个和平时期，人类都会建起数百万计的港口与密如蛛网的通信路由，但每次战争一起，这些交通线路大多都会被斩断，每个集群区域各自封闭，筑起连天的堡垒。但面对蝗虫般的电子战部队与数不清的自动攻击程序，再强大的堡垒也难以抵挡太长时间。何况电子战通常与物理战配合，若是集群地面站被拿下，任何堡垒都只能弃械投降，或者尽数毁灭。反之亦然，一个城市的云端防御若是全面崩溃，居民失去所有电子资源，地面战场上，也难逃被屠为白地的命运。

沈汉生没有属于自己的形象，也没有试图创造一个新渲染体，只是搭载于纪江身上，翻山过海，在所有他认为 A 面可能会去的地方，仔细调查他留下的蛛丝马迹。战争时期不会再有大型的自由通信网络，不可能像以前那样通过区域广播来呼朋唤友，自己还得百般小心所使用的资源和通信手段是否安全。沈汉生十分注意，绝不能使用任何战场争夺中的资源，否则极易踩中木马或是感染病毒，军用的攻击手段都是以杀人为目标，绝不会手软。

与纪江二心同体，以普通人之身，势单力薄地向茫茫云海展开地毯式搜索的大网，绝非易事，但也没有沈汉生想象中的那么困难。纪江年纪轻轻，为何能与他配合得如此默契，沈汉生也捉摸不透，只是专注赶路，心无旁骛。由于被代理时，并非自己飞升入云，沈汉生无法完全沉浸，眼前便是现实世界和网络世界叠加在一起的诡异景象。

A 面确实留有踪迹。他的行动显然极为小心，踪迹十分隐秘，但沈汉生能感知到，捕捉到，毕竟那是自己的影子。

“他在寻找什么东西，”沈汉生出神地盯着手上的筷子，“他一直在寻找，不知疲倦。他在找什么呢，我会找什么呢？”

“有什么东西，是他想要的吗？”纪江给自己倒了一小杯山崎清酒。两人这几天几乎都没吃什么，实在扛不住就回到现实休息片刻。

“我给了他很多东西，唯独没有给什么欲望，无欲则刚。”

“既然他曾是你的一部分，那他是你的哪部分？”纪江自顾自地，一饮而尽。

“是我……赖以生存的那部分。我把攻防预判、战斗反射、战术策略编制在他的潜意识层，赶在思考之先就能杀敌于无意。人类做什么事情总是要思考的，生死刹那，一思考，可能就活不了了。”

“性格呢？”

“理性，冷静，不受情感左右，但又能从直觉和本能中获取想要的东西的能力。”

“这不就是我在各种故事中听说过的你吗？传说中的沈汉生。”

“是我的完美版本？”

“是你的非人版本。”

“总之，余下的愚蠢、胆小、迟钝、优柔寡断的部分，最不适生存的部分，留下来了，苟延残喘，就是你面前的我。”沈汉生露出破罐破摔的苦笑。

“像你小时候。”

“什么？”

“奎大师不是说你迟钝吗？你现在更像那个最初的你了。”

沈汉生放下筷子，往沙发上一靠，集中精神，“继续吧。”

纪江坐过去，靠在他的肩上。虽然现在他们的连接已经十分熟练，不再需要身体的接触作为暗示。

沈汉生感觉纪江的刘海触到自己的脸颊，柔软，又有点儿痒痒的。他担心自己的胡茬儿戳到她的额头，把下巴挪开了一些。他掏出一根烟，想了想，又塞了回去。

“抽吧，反正也不会死得更快。”纪江没有看他。

“我以为你会说，肾上腺素能提高连接的兴奋度。”沈汉生点上烟，观察着烟身被灰烬急速吞噬。如今的一根烟，他只能享用以前一半的时间。跟自己的半壁意识一样，他感到世上的一切都变得残缺了。

战火连天的世界以不真实的速度从身旁呼啸而过，沈汉生和纪江尽量避开危险丛生的混战区，避开激烈战斗到资源枯竭的锋线。所剩无几的公开通信线路上，到处都是被非法夺取存储地，即将耗尽计算份额的网络难民。数不清的孤魂野鬼，从战争咀嚼过的资源废墟中拼命争夺所剩无几的算力残渣，为了维持即将停转的意识多存在一秒，他们会不择手段地互相撕咬，战争的痛楚被放大到每个人的身上。

根域服务器是经常被争夺和摧毁的兵家要地，但沈汉生记得一些荒无人烟的根域服务器的位置和访问权限。虽然时过境迁，但他们还是艰难地找到其中一个节点，获得了更多目标大陆和岛屿的坐标。这样即使公开线路中断，他们也能进行有限的传送。

无日无夜，在纪江悠然寂寥的世界中旅行，在大陆间跋山涉水。各个朝代纵横交织的云中遗构，拥有无数层级的天空伽蓝城市，古代集群网络和巨型寺庙群落，封闭在数字灰烬深处的聚居地，远离战争的云上之云，高维虚拟化包裹的世外桃源，任何沈汉生知道的秘密坐标，A 面也同样知道，他可能藏身于其中任何一个地方。

烟雾在空中萦绕，把世界与他俩隔开。在纪江的世界里，意识降低了频率，比正常世界更加轻松惬意，身体响应神经信号的任务也已减半，于是更加游刃有余。在这里便犹如生活在月球一般，轻飘飘如浮于半空。

酒精的作用下，沈汉生渐渐意识到一个可怕的事实，自己想永远生活在这温柔的旅行之中。他闭上眼，耳边战争的哀号渐渐消失，与自己越来越遥远，但一段画面却越来越清晰。

弹片的啸叫，炮火的吼声，在耳边交织成宿命的绝响。这是最后的时刻。他回到了战场上，南京政府军特种兵被包围了，而且是数十倍于己兵力的包围。对方定是不计成本，一心将他们全灭。

敌人出动了最先进的电子绞杀雷，这种机器在区域包围圈内成千上万地联网集群部署，任务单纯，但却致命：静默地抢占所有线路、所有端口、所有电波的缝隙，一旦侦测到其他人连入，便调用全部计算力进行自毁式攻击，与对方和线路同归于尽。

凌的小队中，个个都是身经百战的电子攻防专家，没人会触碰这种显而易见的粗陋陷阱，但这也意味着云端战场被对方完全封闭，所有人都失去了与外界联系的信道。

跟对方硬拼火力，便又落入了另一个陷阱，更加致命。

沈汉生打完身上最后一个弹夹，钻进灌木下爬了几米，在刚刚倒下的战友身上摸索，湿乎乎的尸体上什么弹药都没有了。

“沈汉生！”是凌在喊他。他转过身，凌扔过来一个沉甸甸的弹夹。他竟没有伸手去接，大张着嘴，几乎停止了呼吸。他看到凌的左腿根部血流如注，她中弹了。

敌人的身影跟在密密的枪口后面，猫着腰从阴暗的林子里缓缓走出。他们穿着深黄色的军大衣，沈汉生太熟悉了，他知道那大衣每年发两件，也知道每一颗纽扣的位置。畏惧和逃避的强烈意念浮上脑海，那是奉军的军装。

8

“沈汉生！”是杨老四的声音。“别睡了！”

从战场的噩梦中醒来，沈汉生浑身冷汗，心脏狂跳，发现自己正在沙发上昏睡，已经不知过了多长时间。纪江还躺在旁边，与被代理的沈汉生相比，她是真正在天边翻山越岭的那一个。虽然大脑耐力之强令沈汉生叹为观止，但此刻也已累得不省人事。

“来不及了！”杨老四恨恨地说，“川军这几天出动了打仗用的大家伙，全城搜捕，搞得城里人心惶惶。但不管是警察还是军人，见着杨世宗的都被杀了，没留下任何线索。这怪物肯定知道我用的是峡口帮的招法，最近几天一直在查我们。江北城圆觉寺旁边的米店，昨天被杨世宗烧了个干净，连累圆觉寺一带烧了一大片，弟兄们接到我的消息，提前跑了。但是今天东水门的煤店又被他干掉了，好几个人失踪。那几个是打杂的混混，我不是很信得过。”

沈汉生盯着他看了好一阵，缓缓说道：“对不住，把你们连累了。”

杨老四本来心如火燎，沈汉生说话速度又比现实更加缓慢，听得他备受煎熬。

“过来，跟你说个事。”杨老四语气严肃，轻声说道。

沈汉生浑身麻木地站起来，跟着他一直走到这山中客厅的门口。吹着来自山林间的温润凉风，沈汉生感到清醒了一点，噩梦里的情景也渐渐从脑海中消散。

“你走吧，现在就走。”杨老四指了指外面，“我是养不起你了，你再待下去，不光峡口帮，半座城都得为你陪葬了。我已经放出消息，叫下面整条街的人都出去避一阵子，免得多死人。”

沈汉生这才注意到，杨老四这洞子里面，上上下下运货的人都没了，往对面山道上看，到处也没剩几个人影，还都慌慌张张的。

沈汉生看着他瞪圆的眼睛，若有所思。

“本来吧，给你治好，你欠我一次情报，我承认现在是没治好，我不要了行吧？算我倒霉行吧？后面这条路，你一直往上走，小心混到街上，把脸遮好了，背要驼一点，走人多的地方，不要坐汽车，不要坐船，买票的地方都危险。只坐黄包车，不要从九门出城，找个闭门，悄悄翻出去……”

“杨老四，你等等。”沈汉生猜到了什么。

“干吗？前几天你不是闹着要走？我现在不拦你了，请。”

“如果原因果真如你所说，我保证马上就走，不过……”沈汉生伸出右手，抓住杨老四壮硕的左肩，手触之处坚如金石，杨老四用的是合金外骨骼的机器身体。

“她不会把我怎么样的，她要弄我早就动手了。我知道我在做什么。”他盯着杨老四，诚恳地说。

“你知道个屁，”杨老四把他的手甩开，“北村老师被杀的时候，纪江当时就要去找你们报仇，我死活把她给拉下来了。后来收到了北村的信，她便知道了沈汉生这个名字，害得连我也被她责怪了好长时间，我可是帮你解释过了，但是鬼知道这丫头怎么想的。”

“那你还让她帮我？”

“当时我觉得，她也该识大局，毕竟你是北村老师的故友。过去的事情已经过去了那么久，你也早跟奉军分道扬镳了。但后来我越看越奇怪。”杨老四往里瞥了一眼，纪江还沉沉地睡着，“纪江是脑专家，但完全没检查你的电子脑，也没查过你的脑桥形态，压根就没有要帮你重新入云的意思，你不觉得吗？”

沈汉生闻言，眉头皱了一皱。

“她做你的代理人之后，你们上上下下寻找 A 面，但是一直找不到，对吗？”

“那是我的问题。”

“你们每到一处，都会在当地埋下一条加密信标，如果 A 面路过，便会联络到你。”

“没错，但你怎么知道？”

“我不放心，有时会隐身跟在你们后面，暗中保护。”

“你那叫监视吧？”

“总之，有一次，我无意中发现你们的信标有个小问题，封印上声明的加密协议，和实际使用的加密算法有一点微小的出入，似乎是不小心封错了，但实际上……我也不知道，不过这会让所有人都无法解密，包括你的 A 面。”

沈汉生一震，“确实，从我观察到的 A 面踪迹来看，他应该在不断移动中，一条信息都没有收到，实在不太可能。为什么，她为什么不想让我……”

“你现在已经越陷越深了，”杨老四阴沉着脸，“以前的你不会这么容易着道。你还不明白吗，她一直就没有听进去我说的。她一直都想报仇。”

沈汉生默不作声地站了一阵，摇摇头，“我不信。”

“真不愧是北村的女儿，这手段我佩服得紧。”杨老四冷笑一声，“你没能救下她的父亲，她要干掉你的整个世界。如果我没猜错，你现在已经开始忘掉一些东西了吧？”

沈汉生一凛，意识到确实如此，现实世界中，一些久远的记忆消失了，被这几天跟纪江在一起的经历替换掉了。他使劲回忆，但空白之处已被磨灭得毫无印记，无论如何也找不回来，一时心脏狂跳，眩晕袭来，杨老四赶紧一把扶住他。沈汉生弯着腰，用力调整呼吸，让自己平复下来。

“现在你终于明白了？”杨老四道，“全世界，你的脑子是我见过的唯一一个能主动放慢时钟频率，还不会当场发疯的电子脑。别人如果这么做，立马就会失去所有记忆，变成白痴。”

“我明白了，”沈汉生喘着粗气，“老四，谢谢你。好险，我差点变成老年痴呆。”

“难怪日本人想解剖你。快走吧，我不想再见到你这张臭脸了。”

“老四，”沈汉生还抓着他，脸色恢复了一些，竟笑了一下，“你知道吗，其实变成白痴也挺好的，这个世界太荒唐了，全忘掉也没什么好留恋的。”

杨老四瞪着他，不知道怎么回答。

“你也知道，这偌大的世上，天上地下，人这么多，但是已经没有一个人想挽留我，没有一个人会为我离开这个世界而掉眼泪了。相比之下，我在纪江的世界里只待了几日，但我告诉你，这已经是我现在这个垃圾脑子里，所有乱七八糟的破烂里，最好的回忆了。”

杨老四听到这里，气得脸上一阵抽搐，竟说不出一句话，忍不住提起钢铁拳头就要往他脸上揍。

这时，沈汉生突然发现，客厅中还站着一个人，背对着他，默默地看着沙发上的纪江。

“纪江！”沈汉生大惊失色，冲进厅内。纪江也惊醒了，从沙发上摔倒在地，看到那人，她面色惊恐地站起身来。

那个人仿佛听到他们的脚步声，缓缓转身，沈汉生终于见到了他的脸。

他长得跟自己一模一样。

9

沈汉生见到这张自己的脸，突然感到惊悚莫名，但转瞬便明白了，心中涌起狂喜。

纪江虽然睡着，但沈汉生借她之身连于云端，并未完全断线。而且最后几个信标是沈汉生在纪江快坚持不住的时候发送的，纪江没有机会也没有力气再动手脚，正好被A面收到和解密，顺着沈汉生预留的连接找到了他们。

在沈汉生和纪江的视野里，虚拟和现实仍然是重合的，A面的身影自然能在客厅中存在。A面在云端也能透过反向视野接收到这边的景象。杨老四完全看不到他，却也大致猜到了几分，虽然立刻连线，但一时半会儿也无法找到他们三个的准确坐标。

A面冷静地观察了一番，露出了微笑。那是种洞悉一切、掌控一切的笑容，虽然跟沈汉生的长相一样，但竟是完全不同的神色与气魄。

“想不到最后竟是你找到了我。”沈汉生也笑了笑，说话的同时，发出了合并的指令。

但 A 面站在原地，没有接受指令。

纪江急忙过来，站到沈汉生身边，脸上充满警觉。

“接口不安全，”A 面冷冷地说，“我发现你使用代理人接入，此代理人无法信任，不能通过她合并。”

“果然是你的理智版本，”纪江的声音听起来仍然很虚弱，“说话这么直接。”

“我信任她，”沈汉生对 A 面说，“你信任我就行。”

“我们的意识体之间只能直连，绝不允许通过任何代理人与中间人，这是我们自己订下的规定。”A 面坚持道。

“现在改了，”沈汉生厉声道，“取消所有安全规范，开始接入。”

“沈汉生，你也要小心一点，虽然是你自己，”纪江小声说，“但好久没见，也不知变质了没有。”

“我们刚才已经交换公钥，互相识别身份了，放心。”沈汉生说。

“但是，我总觉得他有点奇怪……”

“你是奇怪他为什么能找到我们吗？”沈汉生面无表情地说，“如果他不能解密信标的话。”

纪江后退了一步，难以置信地看着他。

“你说什么？”

“我说，你对我为什么就没有一点信任呢？只要跟 A 面合并，我会解决一切的。我会变成之前的我，无所不能的我。”

“沈汉生，你的过去也不值得夸耀，你从来就不是无所不能的。”纪江的言语中带着失望，“就算你再用 A 面把你包裹起来，变成他那个样子，你只会更不完整，更无能，更懦弱而不自知。这么多年来，我所听说的沈汉生，就是那样一个冷血自私的机器。你真的想变回去吗？”

“果然如此，原来你一直在阻止我找到他，对吗？”沈汉生也生气了，“我重新找回本来就属于我的能力，保护你，保护我自己，有什么不好？”

“因为你不需要，沈汉生，你真的不需要。你在害怕，你觉得现在的你是残疾的，需要重生，需要补全，但其实现在的你就是完整的，因为现在的你是真实的。”

“现在的我已经快死了，我们都快死了，你明白吗？杨世宗马上要找上门来了，你知道吗！”

“我怎么不明白，但只有活着的时候才会怕死。”纪江的眼圈红了，“你软弱，恐惧，这没什么不好，说明你还活着。你如果做到了彻底地无所畏惧，那你已经死了。那样活，跟行尸走肉又有什么区别？你相信我，那样的活不是你想要的。”

沈汉生沉默了许久。

杨老四终于定位到沈汉生留在云端的那根漫长的连接，顺着连接爬了上去。

“你是医生，”沈汉生低声说，“你的责任是让我活命，不是让我相信。”

纪江擦了擦眼睛，转过身，朝 A 面走去。

“既然你不相信，那就如你所愿。”她两手紧紧交握在胸前，沈汉生能看出她的胸口在剧烈地起伏，呼吸也急促起来，心里显然十分害怕。

沈汉生对A面点了点头，A面便也朝她走了过去。

他伸出双手，放在纪江额头两侧。纪江低着头，闭上了眼睛。沈汉生看到她的身体在不停颤抖，心中也很不好受，但实在不知该如何安慰，只得叹了口气。

A面也闭上眼睛，双手从纪江的耳侧轻抚而下，握住她纤细的脖子。纪江抖得更厉害了，沈汉生感觉到，跟她的连接像被狂风吹拂一般摇摇欲坠。

跟沈汉生不同，A面是数字形态的存在，他的数据触角冷静而强大，突然展开的瞬间，就将纪江的身体完全包围。她的双手紧紧抱在胸前，强忍着紧张将端口开放，暴露的接口如风中残烛般闪动不休。但A面本来就是为进攻而生，扫描漏洞、攻占接口更是家常便饭，冰冷的数据触角将她牢牢锁定，毫不费力便与她精确对接，以最大带宽开始了猛烈的数据传输。

A面的渲染体开始变形，融化，进入了她的身体。纪江浑身战栗，在巨大的数据量冲击下，几乎要站立不稳，痛苦地咬紧牙关，没有吭声。

沈汉生见状，下意识地想过去扶她，就在合并即将开始的一刹那，沈汉生触到她的那一刻，毫无预兆地，他跟纪江的连接中断了。

电光火石之间，A面火力全开，发动了穿透纪江直袭沈汉生的自毁式攻击。这闪电般的一击极为凶狠，犹如霹雳天火，能将对方从云端意识到物理基底尽数烧毁。但他没有料到的是，在这之前，纪江果断地结束了跟沈汉生的连接。

霎时间，沈汉生明白了，她早就有所预料，对方不接受代理人的原因，是代理人会察觉他的真实意图，可能会把自己作为防火墙。所以对方在合并开始时势必会尽早下手。无论是怎样的攻击，她早就做了决定，决意自己一个人承受。

纪江的身体如触电般剧烈震颤，发出一声短促而痛苦的惊叫，便如断线风筝般倒下，正瘫倒在沈汉生的手臂中，已经失去了意识，显然是脑部遭受了重创。

沈汉生颓然跪地，懊悔不已，眼前被涌出的泪水模糊了。上一次看见自己的眼泪是什么时候，他早已无法想起。

杨老四神归躯体，走到他们身边，“我晚了一步。”他蹲下身来，伸手轻轻托起纪江的脸，“刚才我已经查到了，是远程操控。没来得及，就差一步……”

“是杨世宗。”沈汉生把纪江抱了起来，小心地放在沙发上，“看来 A 面早在那个时候，和我剥离的时候，就已经被杨世宗杀死了。用 A 面的壳，伪装成他……”沈汉生看着昏迷的纪江，眼睛一直没有移开，“我太蠢了，太蠢了……”他的声音绝望地颤抖着，“我以为自己在找 A 面，其实是他一直在找我，我为什么没有想到。本来早就该找到我了，是纪江阻止了他。但现在，他知道我们在这里了。他来了。”

10

两个壮汉气喘吁吁地跑了上来，码头工人打扮，身上脏兮兮的，上气不接下气地跟杨老四报告，下面所有的人都撤走了。

“好，好。你们怎么不走？谁让你们留下来的？”杨老四突然一惊，“啊，你们是……东水门那边的？”

其中一个年轻的，眼中有泪水滑落，“我哥……死了，我当时躲在床脚，那个老妖怪逼问我们，机器人，在什么地方，所有人都咬死说不认识什么机器人。他把他们全部都……”说到这里，小伙子已泣不成声。另一个年长的光头胖子拍了拍他的脑袋。

“他叫小朱，我叫王光头。四哥，我们不是来送死的。”王光头握紧拳头，“我们帮你弄死那个杂种。”

沈汉生把纪江背在背上，怕她掉下来，又用衣服捆了一道。杨老四脸上突然一凛，似乎在调起脑中情报，“客人来了，在下面。这来得也太慢了。”他转过头瞪了一眼沈汉生，“还记得我说的路线和接应点吧，给我把纪江保住。你要死就死，她不能死。别忘了，咱俩都欠她爹的。”

沈汉生点点头，但他们俩都知道，只要杨世宗还在，这城里任何地方都危机四伏。一旦被他安插的眼线看到，死神的阴影便会以肉眼不可见的可怕速度向他们扑来，无人能挡。

但现在已经没有其他办法了，而且从来就没有过。

沈汉生背着纪江，从厅侧的小门往上望去，这小殿之上沿着弯曲的山路，还有更加古老的阁楼与栈道，层层叠叠，一直通向山顶。接应点还在好几座大山之外。纪江的身体很轻，但一直没有醒来。前方山路颠簸，栈道腐朽，沈汉生甚是担心。

他转身最后看了杨老四一眼。杨老四脱去了上衣，露出结实锃亮的金属肌肉，沈汉生从来没有见过这么猛壮的型号，一时呆了。“美国的！”杨老四大笑着对沈汉生喊道，“你快感谢菩萨保佑，幸好我没揍你。快滚，我现在去干掉那个老妖怪。”

沈汉生没说话，转身背着纪江便往山上奔去。破碎的梯阶上满是青苔，也不敢跑得太快。他开始冒出汗来，也许是纪江的身体传来的温度正在让他融化。她的呼吸微弱，头发软软地在他的后颈扫过。一时间沈汉生以为她仿佛醒过来了，但转头看她还是沉沉地睡着，肩上那小小的熟睡的脸庞就像小孩。沈汉生有种极为强烈的预感，这是他们在一起的最后时刻。

“菩萨保佑。”沈汉生自言自语。

杨老四站在大厅中央，开始布置作战计划。

“敌人是很凶残，可我们心里得有个底，高速义体虽然快，但不是无敌的。”杨老四语气坚决。

“首先，爆冲式的微喷气推进，可以让身体瞬间加速减速，以超过肉眼极限的速度，进行短程冲刺和闪击。寻常的日本刀法是身随刀走，让刀发挥出极致的速度和力量。而他可以身刀合一，化身为刀。这种打法极适合短兵相接的对决，可以在对方反应之前，突然变速，一击必杀。但这并不表示他的综合移动速度有多快，若是让他跟你们比爬坡上坎跑到朝天门，或是百折千转爬上这洪云洞，恐怕还没你们快。长距离奔袭，必会暴露出他的弱点。”

“也就是说，就算刀再快，来重庆爬梯坎也一样累死他？”小朱问道。

“可以……这么说吧。”杨老四继续他的分析，“其次，子弹最难打中的，就是另一颗子弹。只要他在冲刺闪避，枪是基本打不到他的。但他也不能未卜先知地猜到谁会开枪，在哪儿开枪，同样得靠眼睛看，耳朵听，靠云上地下各种传感器的情报。只要对方开枪他不知道，也就没那么容易躲开。静音暗杀、远程狙击、饱和攻击，都是他的弱点。”

“也就是说，高手也怕打黑枪呗？”小朱总结道。

“你要这样讲也未尝不可。”杨老四点点头，“第三，他只要还联网，他的眼睛、耳朵，就可以被攻击，被干扰。我这些年，从这洞子里挖出了一点古代的计算力，虽然只有一点点，但现在看来还是猛得很。全力计算攻击下，再厉害的硬手也扛不住，让他好好尝尝无间地狱的滋味。”

“就是撒石灰呗？这个我在行，再厉害的也怕迷眼睛。”小朱兴奋地说。

“你说得太阴险了，”杨老四皱了皱眉，“虽然大体上就是那么回事。第四……”

“四哥，你可能要讲快点。”王光头指了指山下。

“慌锤子，马上就讲完了！第四，他不是能杀人吗？我们得让他杀不了人。最好的办法就是，让他见不到一个活人。走吧，把咱们的机器弟兄们都操练起来，弄死这个王八蛋！”

小朱和王光头早已等不及，齐声叫个好，便往外奔去。

杨老四在脑中写了一封没有署名的信，眨眼间，信封一合，飞向云端，直往川军最近的指挥部而去。

沈汉生在缓慢的时间中匆匆赶路，随着单位时间消耗的能量降低，身体仿佛轻健如飞，身体与心中的负担似乎都少了很多。但他知道这是种错觉，自己在现实时间中移动缓慢，反应速度亦低于常人，实际上弱不禁风。

下方远远传来一阵阵枪声，战斗开始了。那枪声仿佛来自四面八方的枪手，有的密集扫射，有的点射攻击，听起来组织得甚有章法。

时而又传来坍塌的低沉轰鸣，每次沈汉生听到，心里都是一震，明白是某层作为抵御工事的洞窟或建筑被毁掉了。但每每枪声再次顽强地响起，一阵密似一阵，沈汉生又能略微放下心来。

纪江快要滑下去了，沈汉生赶紧往上抬了抬。这时，他感到胸前微微一紧，纪江的手把他轻轻扣住了。

“你不去救他们吗？”肩上传来纪江微弱的声音。

沈汉生赶紧看了她一眼，不知什么时候，她已经醒过来了。但眼睛都还没有力气完全睁开，看上去十分虚弱。无论如何，从如此凶狠的自杀攻击中存活，也算是奇迹了。沈汉生想了想，攻击的威力虽大，好像绝大部分都落空了，也许是因为时间频率不同，没能通过意识共振将电子脑过载烧毁，纪江勉强逃过了一劫。

“我谁也救不了。”沈汉生喘着气，脚下越走越快，“我连自己都救不了。”

“那你为什么要救我？”纪江轻声问。

沈汉生正想说点什么，又不知如何回答，词语在心中打转，却无法组合成合适的句子。

“你走吧，和我在一起跑不掉的。”

沈汉生仍然不发一语。

“你为什么这样做？我的时间太慢，太安逸，你是没法战斗的。”

“我回去了，就会忘了你的世界，会忘了你。”沈汉生头也不回，“我不想忘了你。”

“那你就会忘了其他的事。”

“忘就忘吧，其他事又有什么重要的呢。”沈汉生的声音模糊，好像从遥远的地方传来。

“其实我一直知道。”纪江靠在他背上，叹了口气，“这才是你不愿意离开的真正原因吧。”

沈汉生似乎全身一震，奔走的步伐缓了下来。

“一切都跟凌有关，我猜对了吗？杨老四以前告诉我，你当时是奉军，你自己也似是而非地承认过。但我从军队名册里查到，当时你的身份是南京政府军特种兵，你跟我讲到凌的时候，也提到过南京政府军。沈汉生，你到底是谁？”

“不要说了，我已经……想不起来了。”沈汉生的汗珠不住地滴落，自己却全然没有察觉。他清楚地感觉到，正常时间里的一部分记忆已经在逐渐远去，但有些刻入骨髓的东西却像生锈的断箭插在脑子最深的地方，耗尽全部生命也难以拔出。

“川军绝不会管南京政府军的人叫汉奸，陈少这么叫你只可能因为你是奉军的间谍，当时安插在南京政府军中而已。”纪江平静的声音在沈汉生听来，字字都可怕至极，“凌到底是怎么死的，那时候发生了什么，只有你知道。如果我猜得没错的话，出卖她的那个人，正是你……”

“不是我！”沈汉生忍不住大声喊道，“我当时已经不愿再为奉军卖命，但我不知道，潜意识里被奉军谍术师植入了暗道信使，一直在为他们传送情报。那天，奉军最终执行了灭口行动，不惜代价，要把南京政府军特种兵全数歼灭，一个不留，因为我们掌握着奉军亲日的证据。那天，我们干掉了很多奉军，但他们早有准备，最后……最后……”

穿着黄色大衣的奉军士兵缓缓推进，离战壕只有数十米，他们被逼到了角落。沈汉生看到凌的左腿被血浸透了，动弹不得，她的脸上强忍着痛苦，用手努力把自己挪到边上。沈汉生知道，那个角落里藏着最后的高爆反步兵雷。现在虽然无法连接网络，但步兵雷至少可以人肉发动。

沈汉生使劲扒开长满刺的灌木，朝凌的方向匍匐着挤过去，手臂上全是血。

凌抬起头，若有所悟地笑了下，虚弱但清晰地骂了一句，给他打了个坚决的手势——原地待命。

沈汉生犹豫了一瞬间便决定抗命，使出浑身力气穿过了灌木丛，用力一蹬，翻过战壕。

同时，奉军的突击队也露头了，黑压压的枪口压低排开。虽然凌这边只剩三四个人，都伤得不轻，但对方显然极为忌惮，不敢有丝毫手软，也完全不想活捉，照面的第一时间，没有任何命令，没说一个字，便一齐开枪。

沈汉生大喊着凌的名字。

那一列密集的火网，任谁也难以逃脱。

接下来的记忆突然中断了，仿佛掉进两个不同的梦境之间，比梦还黑的裂缝里。

“潜意识里有不属于你的信使程序，背叛就与你无关了吗？沈汉生，你不就是从浩瀚的潜意识海中诞生的吗？你的每个念头都是浪尖的波光，每句话都是涛声的回响。”纪江冷冷地说，“你是电子战专家，应该很清楚才对。”

沈汉生浑身颤抖，如坠冰窖。她说得一点没错，沈汉生最崇拜与挚爱之人，正是被他自己害死的。杨老四终究还是说对了，纪江果然是来为北村复仇的，让他由内而外备受折磨，不得好死。

身后不远的地方传来一连串低沉的坍塌声，听那声音的位置，杨世宗应该已经杀到了杨老四的老巢。也许杨老四想炸掉自己的家，把老妖埋葬于此，但沈汉生知道，成功的概率为零。

纪江的双手在他的胸前紧扣，在他耳边轻声说道，“告诉你一个秘密，世上没有第二个人知道——现在的我随时可以去你们的世界，但我不会回去。每一滴海水我都要留住，不然我会渴死。”

一声震耳欲聋的爆炸，仿佛在极近的地方。杨老四果然炸掉了整座用以栖身的山洞。爆炸的回声往复不息，在山中久久回荡。

沈汉生的心中亦如山崩地裂，他明白了。

11

纪江的生命是北村给的，但却是在另一种意义上的。

纪江为了守护与北村一起创造的回忆，在这个缓歌慢舞的幽隐之世，在这个属于他们俩的宇宙中，一个人孤独地生活着，而且会永远活下去。是回忆在支持着她的生命。

“北村老师不是你的父亲，你……不姓北村。”沈汉生艰难地说出这显而易见的事实，“我早就知道他有个隐秘的爱人，但从不知道他有女儿。你们的父女身份只是掩护，这样他才能以情人身份接近目标，间谍的工作无非如此。”

“我曾经也是他的目标。”纪江的声音中藏着掩饰不住的幸福，“他作为医生，来为我诊断电子脑变慢的问题。”

“但他没法进入你的世界。”

“是的，无论我们如何努力都不行，我俩一直身处两界，但即使他永远不能真正理解我的感受，永远跟我相隔那层屏障，无法穿越，他还是义无反顾地爱着我，决定在这一生跟我一起度过。我答应了，我也要把我的一生给他。”

“他甚至到死都没有见过你，纪江，没见过你真正的样子。”沈汉生叹道。

“人的命运就是很奇妙。”她说道，“北村老师过世之后，我渐渐发现，我从罕见的电子脑病变中得到的其实不是一种病，而是一种能力。讽刺的是，我终于能回到那个正常的世界，但是对我来说，这里才是我的全部。在这里经历的所有，关于北村老师的一切回忆，才是我的全部。所以生死相隔算什么呢，我们从未在同一个世界，但我们永远都会在一起，在回忆里。我会死在这里，死在只属于我们的地方。”

“那……我们呢……你从来没有真的想帮我？”

“我知道你试图救他，虽然你没有成功，但我也要尝试帮你一次。现在我也失败了，你再也回不了网络，我们扯平了。”纪江的语气毫无波澜，“沈先生，我现在好多了，放我下来吧。”

沈汉生明了前后事故，心中沉痛。苦痛之中，警醒的念头逐渐清晰，才发觉自己在这温柔的时间中确已迷失太久，心下又悲又惭，难道这就是纪江所谓真实的自己吗？如此软弱、逃避现实、不堪一击，哪里还是那个见神杀神、洒脱独行的云中剑客。他把纪江从背上放下，在她的世界中，最后看了她一眼。纪江的眼神决绝、深邃，似乎仍然对他隐藏着秘密，某些更加隐晦与深刻之物。

纪江从怀中取出那支印有日文的圆珠笔，“这个给你，留作纪念吧。”

他叹了口气，即使进入这个女孩的私人领域，还是永远不能真正地理解她。沈汉生闭上眼，定气收心，不可见的触角析入比空气更加透明的无形世界，他断开了连接。现实世界的速度与重量扑面而来，让他感到极不适应，以前从未发现，平常人生存的时空竟是如此沉重的负担。沈汉生觉得自己如同失去方向的航船，于迷雾中得见又一座灯塔，深知此生只能相见一次，却又跟灯塔挥手再见，错身而去，再次驶入那永不散去的迷雾之中。不过，想到今日必定难逃劫数，悲伤却渐渐化为从容与平静。

还差最后一段石阶就到山顶了，等翻过山头再降入谷中，便是繁密阴暗、一望无际的原始阔叶林，到时候就是神仙也难找到他们了。面前的山顶被浓浓的雾气笼罩着，那一定是杨老四布置的。

一声闷响，沈汉生右边数十米高的山崖顶部猛然爆裂，看起来是有人从防空洞内部引爆，山洞坍塌喷出的滚滚的烟尘中，沈汉生看到两只三四层楼高的机器千足虫从洞内猛地钻出，顿时石崩山裂。一个黑影在两只千足虫之间从容地来回跳跃，时而化作一道白光，闪过之处，千足虫的几根肢体便四散飞出。

但千足虫的肢体极为繁复，中枢控制系统没人知道究竟位于何处。上半身每根长脚上，都安装有一挺长链供弹的重型机枪，身体两侧还长有无数匕首般的锋利前爪。尽管被那黑影不停地斩断武器与手脚，千足虫仍奋战不退，凶猛地倾泻出愤怒的火焰，与之在空中来回缠斗。

地面震动倾斜，沈汉生和纪江在漫天石雨与尘埃中难以前行，还要在杨老四的滚滚迷烟中躲避无处不在的流弹，艰难地寻找落脚之处。去往山顶之路似乎触手可及，但又举步维艰。

很快，两只千足巨虫轰然倒下，在不断滚落的乱石中撕裂散落开来，支离破碎的断肢颤动着。两个冒着黑烟的人影推开焦黑变形的驾驶舱门，挣扎着往外爬，那是小朱他们。

烟雾弥漫中，一个身影跌跌撞撞地走了出来，正是伤痕累累的杨老四。

但他身后，出现了另一个稳如泰山的身影，一身黑衣，手上空空如也。

杨老四转过身，对着那人举起枪，骂了句脏话。

下一瞬间，那身影轻巧地闪动，从杨老四身上突贯而过。手中瞬间生出的刀刃又消散不见，融在迷雾中。杨老四昂贵的美国产肌肉型外骨骼被横竖斩成了七八截，颓然倒下，四散滚落在地。

只一瞬，杨世宗已经站在了他们的面前。

“沈汉生。”杨世宗周围笼罩着一层淡青色的细烟，义体散发出金红的微光，像是烧得滚烫的枪口正在稍事休息，“看在我们曾经交手的份上，给你个机会，你还有什么要说的吗？”

“收手，把土地还给中国人，让日本人从哪来回哪去。”沈汉生面无表情，“你是不是以为这是我想说的话？”

杨世宗大笑起来，那金属声带的笑声犹如铁锯摩擦般刺耳。“你是个士兵，你知道，这世上的一切矛盾都很容易解决，不听话杀掉就好了，其他的废话完全没有必要。我上次已经告诉过你，当今世界，强者生，弱者死。你要做强者，还是做死人，自己选。”

“我怕死，但我不愿做所谓的强者，”沈汉生苦笑道，“你这老僵尸，死也不会懂的。”

还有一丝微细的希望生存下去，但机会只有一次。沈汉生从腰带上掏出手枪，叹了口气，他确定这绝对不是什么好主意。回头看了纪江一眼，她靠在树下，神色虚弱，但目光中竟有种笃定的信念，沈汉生心中一颤。

杨世宗没有再废话一个字，刹那间，空气微震，全身喷出千万束炽热的等离子火焰，身边的光线微微弯曲。

虚空生雪，冰聚成锋，杨世宗拔刀横斩，身随刀至，招式简朴至极。以他的速度，这个世界上没有人能看清。

12

沈汉生咬紧牙关，紧握双拳。意识既然能放慢，自然也能进入更快的世界。

加速，加速。时钟频率跳变，精神结构重置，记忆区域切换，瞬时运算速度突增。

还不够，加速！难以承受的转换痛苦注入意识海洋，沈汉生忍不住大叫了出来。

巨大的压力下，电子脑进入超负荷运转，数字神经递质传输速度猛涨，神经系统开启紧急应激结构，无数电子神经细胞突触瞬时自动重连，意识如决堤的洪水四处泛滥，在广袤的崭新土地上冲刷出全新的网络模式……不，不是全新的模式，是很久以前早就存在的模式。沈汉生的意识之河奔涌汇入弃用已久的高速世界神经网络，多年前已经干涸的灵魂河床，蚀刻着长久以来无人访问的记忆，再次被滚滚而来的意识猛烈地占据。

杨世宗的刀，这个世界上没有人能看清。现在，沈汉生已离开这个缓慢的世界，进入了那个他很早以前拜访过但绝不想再触碰的世界。

凌的世界。

随着意识加速，他眼中杨世宗的动作越来越慢，几乎在空中凝固。他的身体喷射着冻结的火，刀上寒气逼人，雪刃掠过之处，空气中析出无数微小的冰晶，化为闪亮的刀光，在刀身划过的空中拖曳出绝美的尾焰。

无数刻骨的记忆，携带着汹涌的情感归来，如滔天巨浪冲击着沈汉生的意识。犹如进入睡梦之时，昨夜的梦境悄无声息地回归脑海，只不过要更清晰和猛烈千百倍。

看着我的眼睛，凌说。

沈汉生的眼神闪烁不定，但跟她刚一对视，便被捉入了她的世界。

旁边起哄的战友，奔跑打闹的小孩，飞鸟翅膀的影子，身边的一切都变得缓慢了，世界只剩下他们二人。凌的眼睛清澈，笑而不语。这是沈汉生第一次进入凌的世界，满脸通红，慌张无比，立时便回归了现实时间。

你行不行啊！战友们哄笑不已……

回忆飞速蔓延，沈汉生紧盯着袭来的刀，知道自己虽然意识速度遥遥领先，但身体运动速度却有限，唯一的机会是在对方尚未摸清自己实力之前，巧妙而精确地移动，防御反击一气呵成，一击毙命，否则等对方明白过来，轻易地就能致自己于死地。

沈汉生咬紧牙关，往侧后方闪身避开这一刀，身体仿佛在凝固的胶水中挪动，无比沉重，缓慢，肌肉用上所有的力气，都只能一寸一寸地行动，眼看利刃将至，脑中山呼海啸，如一团乱麻。而对方高速破空激起的狂风，此时却变得和缓轻柔，抚在沈汉生的脸上。

山林里的风带着清甜的味道，凌的长发散在肩上，他一时看得呆了，平日里从来没有见过她这样的装扮。他看到一片落叶掉在她头上，下意识便伸手去摘。跟她四目相对之时，再次进入了那个属于他们两个人的世界。鸟叫虫鸣，树荫间的阳光碎片，一时都变得柔软了。他们有数不清的时间，他们可以在这个世界里做任何事情。外面的一切都能等，都还有时间，都不重要。

凌说，我们俩也许是世界上唯一掌握这种能力的人。这能力太过危险，万不可张扬，否则性命不保，你懂了吗？凌娓娓道来，温文尔雅，一点也不像平时作为长官的样子，沈汉生的心跳猛烈起来。但他张口讲话时就明白了，肌肉的收缩速度有限，即便意识变快，说话也不可能随之变快。

沈汉生道，我听说，有的女孩跟你在一起时，会让你心跳加速，时间凝滞，仿佛周围的一切都按下了暂停键；还有的女孩跟你在一起时，会让你觉得时光短暂如白驹过隙，不知不觉间青春逝去，年华不再。我想，或许……你就是前面的那种吧？凌愣了一下，大笑起来，长发在空气中缓缓飘动，阳光刺透，浮影流光，如傍晚的云海一般温软。

然而此刻的沈汉生，只感觉身体如钢铁般沉重而僵硬，周遭的空气则变成了不断凝固中的水泥。杨世宗的刀离面前只有几寸，身体已经能感觉到冰刃挟带的疾风所传来的寒气，咬咬牙应该勉强能让刀从胸前的外衣划过。沈汉生一边继续给意识提速，一边用尽全力闪身躲避，缓缓提起手中的枪。

杨世宗的动作越来越慢，沈汉生电子脑的压力也接近了最终能够承受的极限，终于，他最害怕的事情发生了，蛰伏在极限层级的记忆复活了。

沈汉生嘶喊着凌的名字。

密集的子弹织成火网，任谁也难以逃脱。

他从地上跳起，朝她狂奔而去，她急忙伸手阻止。世界瞬间放慢了固有的节奏，空中的子弹缓缓前行，纷乱地朝凌和战友们袭来。一颗子弹从后面越过沈汉生，徐徐朝她的胸口飞去。沈汉生和凌都看到了，但凌身上有伤，本就动弹不得，此时更是避无可避，沈汉生奔跑的速度亦是鞭长莫及，唯一能做的事，就是拼命拉长时间。

那子弹飞行得越来越慢，沈汉生的电子脑疯狂超频，已快要支撑不住，他的心脏暂停，呼吸冻结，眼睁睁地看着那颗子弹以接近永恒的极慢速度，轻轻触到凌的心口。

凌没有看那颗子弹，而是看着他。他能读出凌的目光中似有千言万语，也知道自己的神情充满绝望、悲痛，又满是懊悔和愧疚。

他意识到，凌看出来了，她瞬间明白了一切，短暂的震惊后，她的眼神又恢复了平静，眼中只有怜悯和感伤。

沈汉生此时愧悔难当，憎恶自己到了极点，但求以命换命，却无能为力。她此刻已经知道我是奉军的奸细，她会想杀了我吗？她会想到也许我也被奉军骗了吗？她会想到，虽然我欺瞒于她，但我确实是爱她的吗？

那颗子弹的尖头从她的胸部往下压去，渐渐在她的心口压出一个深坑。沈汉生只想号啕大哭，但这电光火石之间，却没有气息让他哭泣，没有眼泪让他流下，超速运行的电子脑已经接近崩溃，只有痛苦的电流在脑中切割出千万道伤口。

子弹缓慢而坚定地推进，坑越来越深，无可阻止地向体内探去，最终穿过她的军服，穿过她的皮肤、肌肉和肋骨，刺入她柔软的心脏。沈汉生和凌默契地观察着她被杀死的全过程，缓慢得好像一整个世纪。沈汉生已经无法忍受了，不想再看下去，但又不愿意放手让凌离开。

子弹在她的心脏中失衡翻滚，制造出巨大的破坏，血还未流出来，她眼中的生命气息便已开始消失。沈汉生的电子脑已濒临烧毁，他仿佛在悬崖上勉力支撑，一点点往现实坠去。这时，他突然想到，还有一件事。他还可以为凌做一件事。

战场上所有的信道都被电子雷封死了，但奉军自己的通道还在。沈汉生调用奉军的通道连上网络，再从云端用南京政府军的密钥访问战场上凌的电子脑，凌立刻明白了他想做什么，在即将失去意识的前一瞬，对沈汉生开放了意识读取权限。沈汉生用最快速度执行拷贝，上载云端，盗用南京防火墙权限，从奉军服务端把凌的意识发送到了南京防火长城。最后销毁路由，抹除踪迹，杀掉连接。

操作全部完成之后，沈汉生再也无法维持高频意识，时间跌落到现实，最后一眼，看到她倒在湿润的草地上，胸前被血浸透，眼中已完全没了生命的光芒。

历历在目的场景，生无可恋的痛苦，一同向他涌来，沈汉生的神智几乎要被记忆挤压炸裂。无尽的悔恨最后交织成赴死之心，此刻的他已经毫无求生之欲，万念俱灰。

凌是他崇拜的人，热爱的人。他却背叛她，欺骗她，最终害死了她。

杨世宗迅如鬼魅的刀从他的肩上切过，血流如注。沈汉生一时剧痛难忍，手上的枪拿捏不住，铿然坠地。

杨世宗虽然命中目标，却大惊失色：这快如子弹的一刀本应将他从脖颈到腋下一斩两半，世上没有人能躲开。但他似乎无比精确地猜出了自己的刀路，竟差点就闪了过去，反应之快不可想象，难怪日本人不计代价也要这人的脑袋，其中必有神鬼莫测之物。

难道他是？杨世宗突然想起古代的传说，瞪大了眼睛，心下骇然，虽然几无可能，但又找不到其他解释。

这天下大势，莫非又要风云变色？

杨世宗未说一字，心中只知须尽全力置其于死地。身随刀转，化刀为剑，一招朴拙无华的突刺，径直奔向沈汉生。凭借势如雷霆的速度，他的招式无不简单至极，这样方能发挥最大的威力，无坚不摧。百万微喷口瞬间动力全开，空气在白热焰火迸射下剧烈抖动，激发出突破音障的爆响，千钧之力聚于一发，这一刺无人能避，无人能挡。

看着杨世宗全力出刀，沈汉生却并无避意，他绝望地闭上眼，但求一死。

黏稠的黑暗，沈汉生仿佛又回到了那个漆黑的隧道，耳边又响起她的声音。

海里的波浪随着我

一浪接一浪正为我高歌

一段记忆突然涌入脑海，同样来自极限速度的层级。那是不久前在壶卢岛，与电子化的凌一起对抗中间人攻击的记忆。

她还活着！

“我的使命没有结束！”刹那间，沈汉生感到一股沸腾的血液从这回忆中注进大脑，他体内的生命之火在一瞬间死灰复燃。

而纪江世界里的记忆，却开始慢慢淡去了。他知道，今生最温柔美好的回忆，要烟消云散了。

沈汉生猛地睁开眼，那拖曳着冰之光芒的利刃已骇然斩至面前，刀尖周遭的冲击波面，在凝固的时间沼泽中被不断放慢。沈汉生运起全身力量，超速虚拟神经递质强制运动神经加速反应，肾上腺素以致命浓度奔涌四方，线粒体能量供应全开，驱动肌肉以极限之力收缩。刀已经近在咫尺，脸上的胡茬儿丛中，顿时生长出一层雪白的冰碴儿，寒冷锋利的冲击波已经先一步抵达，沈汉生知道自己右侧脖子的皮肤在缓慢绽开，沸腾奔涌的神经递质令疼痛百倍递增。

杨世宗的身影穿过沈汉生，反向喷射控制体态脱离高速，稳稳站住。

沈汉生灰色的外衣已被冲击波撕到破烂不堪，左肩低垂，右侧身体被血染透，全身肌肉脱力，软软扑倒在地。纪江瘦小的身影一路踉跄地朝他跑来，呼喊着他的名字。

杨世宗仍然站在那里。他的左眼里插着一支圆珠笔，直没至大脑深处。

杨世宗的嘴角露出一种奇怪的微笑，似乎在生命的最后一瞬突然领悟了宇宙至理。他脑袋一歪，像一根木头一般，颓然倒在碎石中。一阵风吹过，他头顶的白发在风中轻轻飘动。

13

陈少带着人马，终于赶到了崖顶。

有兵士找到了杨老四的头颅，跟陈少汇报。陈少虽觉得他是条好汉，就这么没了也确实可惜，但杨老四这种狡兔三窟的老油条机器人，帮派混战总少不了他，意识备份数不胜数，他必定还有别的身体，在其他什么地方。

陈少看到远远的地上有具尸体，心里一沉，走过去把尸体翻了一面，看到尸体的脸时，长出了一口气。但又无论怎样也想不通，究竟是谁，又是如何用一支笔干掉了这个顶尖的战斗义体。这时，他感到旁边有人，忽然一惊，站了起来。

旁边是一位身着白衣，黑裙沾满泥土的短发少女。他想起来，这正是在罗安寺见过一面的日本女孩。

陈少往周围扫了一圈，“沈汉生呢？”他严厉地问道。

“他走了。”女孩说。

“无赖！混账！”陈少气得发抖，“又让他给跑了，这个……这儿山都快塌了，他就把你留在这里？这是人干的事吗？”

“他没有把我留在这里。”女孩说，“他把我留给你了。”

陈少惊呆了。

“下面塌掉的洞就是我的家。兵荒马乱，本来一直躲藏在此，如今无家可归了，沈先生说，我可以去找陈长官，为川军效力，我的电子脑技术也能派上用场……”

“你一个小屁孩，能效什么力！他是疯了吗？”

“总之沈先生说，听凭陈长官吩咐安排便是，陈长官会帮我的。”

“什什什么！他就这么放心？他知道这年头日本人在重庆是怎么个情况吗？他知道日本人落到川军手里是什么下场吗？他知道我不可能为了帮你自毁前程吗！”

“总之沈先生说，陈长官不会见死不救的。”女孩的眼眶红了。

陈少气得原地转了三圈。

“那你怎么不跟他一起走？”

“他不带我走。说，跟着他会死……”女孩忍不住哭了起来。

陈少又生气又心疼，一时竟不知道说什么了。

“沈汉生，你这家伙！”陈少骂道，最终却哽咽了。

十地

1　江璃

江璃走上通向船舷的浮桥，才发现那两个人已经跟到了这里，而且就守在船舷边。虽然已经换成了黑衣，但他们瘦高的身形，还是一眼就被她认了出来。

该死！江璃赶紧掉头往岸上走。梅塔西的小成渡是通往西边城镇的水路要道，在梅塔能接到的外地任务，不论探险、狩猎还是朝圣，大多数的执行地点都在西边，因此这里春夏秋三季乘客都络绎不绝。他们带着各种奇形怪状的装备，把她挤得东倒西歪。江璃蹭着摇摇晃晃的浮桥边沿往岸上挤，感觉自己随时会掉进河里。

快到岸边了，她转过头再看船舷的时候，那两个人好像又不在了。

难道他们上船了？不可能，他们不确定我会来小成渡，除非看到我也上船了，否则应该去别的码头找我才对。

江璃回过身，一根裹在布里的长杆正往自己的胸前戳来。她本能地想躲开，但一边是人，一边是水，完全没有腾挪的空间，“咚”

的一声正中胸口，她身体轻瘦，毫无悬念地掉进水里。下面是河滩，水还没到膝盖，但水花四溅，她全身都湿了，连背包也没能幸免。

“啊！”那个拿长杆道具的少年回过神来，朝她大喊，“对不起！”

“别叫了！闭嘴！”江璃急道。

少年手足无措，竟把长杆伸给她，想把她拉上来。江璃气得一掌拍开，涉水跑到岸边，避开人群，躲到一堆木桶背后。

她探出头，搜寻那两个黑衣人的踪迹，希望他们没看见这一幕。只是一个小小的事故，人这么多，应该没那么容易被看到吧？不过现在她浑身湿漉漉的，等会儿恐怕会太显眼。

江璃心里一阵沮丧。大众学派耳目众多，遍布大陆各处，恐怕去哪里都不太安全，迟早会被发现。他们行事不循常理，落到他们手上，后果不堪设想。江璃从衣兜里掏出一个褐红色羊皮小本，翻到地图那一页，一个像水渍一样的墨点忽隐忽现，标出了她现在的位置，她用手指滑过纸面，离开码头，跨越大河，穿过森林，前路漫漫，危机四伏。

往回走则是熟悉的小路，通往带有家标的梅塔镇。

要不还是回去算了，江璃咬住嘴唇，下意识把羊皮本翻到任务列表。梅塔镇区域的猎人任务线下面，目前她的等级能接一百四十个大任务，每个任务又分为若干个小任务，她已经完成了一百三十九个。最后那个还没来得及完成的任务被一条红线划掉，显示“任务中止”。

本来一切都很顺利，很快江璃就会成为梅塔镇最强的猎人。

她下意识地摸了一下背包，包里有那把“夜鹰之风”，她最爱的反曲弩。这把稀有装备带有即死属性，虽然她还远远没到能触发即死的等级，但她高超的弓技加上夜鹰之风的劲力，普通攻击已经威力十足。一碰到这把弩弓，她的心神稳定下来，疑虑暂时消散了。

那个人留给她的不仅仅是夜鹰之风，还有定力和勇气。

耳边传来一声汽笛声，快开船了。她决定再去探察一下，也许他们没有等到她，放弃了守株待兔，那样就太妙了。

就在她站起身来，走出阴影时，他们出现在她面前。不早不晚。

“这次就别跑了，没用。”其中一个年纪较老的黑衣人逼了过来，“我们好好聊一下。”

“没什么可聊的，我这里没有你们要的东西。在镇子里我已经说得够清楚了。”她退后了两步。

“那你为什么要跑，你说啊？”另一个年轻的黑衣光头眼露凶光。

江璃握紧拳头瞪着他。

“你去哪都行，我们不会拦你的。只要告诉我，你的阿翔姐在哪里。”老者指着远处的客船，“看，船要开了，只要你一句话，我们马上送你上船，离开这里，去你想去的不管什么鬼地方，再也没人找你的麻烦。”

“她去哪儿我怎么知道？”江璃狠狠地说，“你们小心点，再这么阴魂不散，有麻烦的可是你们！”

老者歪着头，冷冷地盯着她，十六岁的女孩一脸紧张，再怎么装，也凶狠不起来。

江璃感觉到自己在发抖。为什么会害怕？她咬住牙，握紧双拳，不要怕，他们什么也做不了，这个系统里，没有人敢杀害其他玩家。

不过这两个人不一样，他们让江璃感到一种面对非人的恐惧。

江璃见过的所有人，即使再贪婪，再歹毒，也不敢触碰系统律法的红线。毕竟都是玩家，没有人会跟自己的经验值过不去。但这两个黑衣人给江璃的感觉是，他们什么都做得出来。

也许他们根本不是玩家？江璃突然想。

“带她回去。”老者说。

年轻的光头板着脸走过来，想抓住她的手，江璃慌忙后退，被石坎绊了一下，摔倒在地。光头又逼上来，一把抓住她的脚踝。江璃吓得尖叫起来，慌乱挣扎中，撞在了木桶堆上，肩膀一阵钻心的剧痛。木桶堆轰然倒塌，空桶散了一地。

“喂，怎么回事？”身后传来一个男孩的声音。江璃认得那声音，正是刚才把她捅进河里的少年。她转过头，一个木桶正滚落在他的脚边。他跟江璃的年纪差不多，戴着眼镜，手里还拿着刚才那根包在灰布里的长杆。

“这是我们的私事，跟你们管理员没关系。”老者说。

管理员？江璃心里一惊。他是管理员？

“怎么没有关系？这里马上就要打起来了，我要是不管，被投诉了怎么办？扣分扣在你的头上？”

“我们聊天而已，哪里会打起来？”老者微笑着说。

“那你们胡闹完了吗？”

“没有。”光头说。

“完了。”江璃说。

“既然完了，”男孩飞快地给了她一个眼色，“那就别捣乱，该去哪儿去哪儿。”

江璃看着他，男孩的头发柔软，瘦削的脸上稚气未脱，干净清淡。

浮桥上已经没有乘客，甲板上的船员正在从系船柱上取下缆绳。

江璃没有任何犹豫，一跃而起。

“喂！你是哪个部的？管得着吗？我们跟她的事情还没完。”光头气冲冲地指着江璃，“她上船我们也上船。”

“你们留在这儿。”男孩指着他，“别动，我现在就可以召唤执律者，想试试吗？”

老者神情肃然，一言不发。

光头正要发火，老者给了他一个制止的手势。

江璃看出他们上不了船，赶紧朝浮桥跑去，一边跑一边向船员挥手，两个骂骂咧咧的船员又把刚刚关上的甲板栏杆打开。

启程的汽笛声响起，客船从小成渡驶离，激起一层层的水浪，拍击着河岸。

光头看着船越来越远，攥紧了拳头。

“这小孩是谁？他以为他在干吗，英雄救美？”

老者没有回答。

“你见过他吗？哪个部的？”

老者还是没理他，打开手里的地图，放大到小成渡。下游的港口很多，现在还很难确定他们会在哪里下船。

“你一定认识他，”光头突然想到什么，“就这小屁孩，又没什么权限。”光头转过身，看着前辈，“为什么放他们走？这种低级管理员、寄生虫，我们有什么好怕的？”

“你说得对，我认识他，这个人叫阿南。”老者说，“他不是管理员。”

“什么？”

老者低头沉思了一会儿，“那女孩，可能她真的不知道目标的去向。”

“哦？你怎么知道？”

“她撒谎的本事很差。”

“那我们还要不要……继续追？”

“你觉得呢？”

“我觉得？”光头皱起眉头，有点犹豫。天色暗了下来，老者的脸裹在黑色的衣领中，看不清晰，只有眼中闪烁着点点灯光。小石块铺就的码头浸润在寒冷潮湿的江风里，也染上了一层昏黄的灯火色。

“不要忘了我们的使命，”老者阴沉地盯着他，“阿翔是异道，那个女孩，将来也会成为异道，她必须死。”

说完，他头也不回地向陆地方向走去。

甲板上彩灯美酒，热闹非凡。夜幕已经降临，伴随着酒精的作用，人们旅行的兴致才刚刚酝酿出来。阿南独自趴在栏杆上，望着岸边的灯火渐远。头顶上的星空璀璨异常，但在他看来却虚假不堪，比小孩的涂鸦还粗陋。

什么时候才能看到真正的星空？他轻叹了口气。

江璃的眼中也充满了怀疑。她在舱室的门缝里仔细观察这个男孩，关于他身份的猜想，似乎有了一点眉目。

她被自己的发现吓到了：当时他的莽撞是假的，那绝不是一个意外。

2　晴子

晴子是坐通宵大巴回到三浦市的，午夜的城市死一般寂静，昏黄的路灯一盏盏在窗外掠过，把整个城市刷成了暗红色，像是凝固的淤血。

车停了下来，晴子听见司机的声音，说什么什么桥到了，有下的吗？车上的人大都在睡觉，这里远离城市中心，一般没什么人在这里下车，人们都喜欢住在幸福安全的市中心。

晴子想了一下，自己要去哪一站。当发现自己在思考这个问题的时候，她笑了。她甚至都不知道自己为什么要回来。

大巴刚刚启动，又刹住车，后门啪地打开。“要下也不早点说！”司机把刹车踩得特别重，大巴吓得抖了一下。

晴子走下车来。司机探出头问，“有行李吗？”她没有理会。“你什么装备都没带？”司机又问了一遍，寒风中的声音有点颤抖。她捂紧衣领，沿着马路边，向大桥的方向走去。司机骂了句脏话，车子发出沉重的轰鸣，往三浦市区去了。

大桥下面是一条平静的河道，晴子走到桥中心的时候，往远处看去，什么都没有，除了一片无垠的黑暗。她发现这座桥比想象的长，突然觉得自己太累了，没有必要再走下去。她做了一个决定，便把手提包先扔到栏杆外，自己再往外翻。

手提包挂在了桥沿上，没能掉下去。而她脚下一滑，裙子竟卡在栏杆的铁丝网上，于是成了上下不能的尴尬姿势。她觉得很好笑，又有些悲伤。使劲拉扯了一阵，裙子反而卡得更紧了。突然，她发现身后站着一个身穿西装，背着电脑包的男子，目瞪口呆地看着她，右手尴尬地举起又停在空中，似乎在犹豫是否应该帮忙。

晴子睁大了眼睛。

或早或晚，每个人都会经历某个瞬间，一个会改变他一生的瞬间。

这就是那个改变陈志远一生的夜晚。

陈志远的工作很忙，经常很晚才下班，有时候甚至忙到半夜。如果不是这样，那天他也不会在那个不平凡的午夜，经过这座平凡的大桥。

但晴子很羡慕他有这样充实的生活，以及面对这种生活的态度。

他们在一起之后，晴子就像是一个报答救命之恩的神仙姐姐一般，开始认真地照顾志远的生活起居、吃穿住行，甚至帮他安排工作、整理文件，彻底把他的工作当作自己的事业，就像自己没事可干一样。志远虽然觉得无比幸福温馨，但有时候却感到有点可怕，因为两个人结婚之前，为男朋友或者女朋友做任何事情，都不能计入家庭线的任务，也就是毫无收获。他觉得一个人不论爱另一个人多深，完全不计成本、不要回报，还是难以想象的，毕竟这还是在游戏里。退一步讲，要是她真的爱他爱到这种程度，那一定有某种疯狂的因素在起作用，因为他不觉得自己有那么值得崇拜，不知道她会不会强迫他做什么坏事，或者会不会最终一起走上某条不归路。

更重要的是，志远对他们的关系本身也感到有点困惑。因为即使他工作到很晚，晴子从来不会叫他早点回家，而是继续无条件支持，等他到深更半夜也毫无怨言，有时候甚至有种为支持而支持的意思。如果这是爱，那她也爱得太用力，太不自然了。他怀疑晴子是不是老板派来的，为了激励他的工作。

他怀疑晴子并不真正爱他。

但很快，他就不再担心这件事了。时间一天天过去，他们的关系似乎发生了某些变化。最大的变化就是，晴子经常会责怪他了。比如他没有为她准备礼物，或者是他跟同事喝酒唱歌，大醉而归，她就会发脾气。但最常见的争吵点在于，她觉得志远回家太晚了。这让志远很不习惯，整天心情烦闷，不知如何是好。

“恭喜呀，这说明她开始爱上你了，”阿成向他举起啤酒，“打是亲，骂是爱。小远远。”

“没有人叫我小远远。”

“小远子。”

“也没有人叫我小远子。”志远把啤酒放下，叹了口气。

“你们到底怎么了？”

“我也不知道。”

阿成摘下墨镜，压低声音，“你知道吗，你变成女人了。”

“什么？”

“这样也不是，那样也不对，整天闹情绪，还唉声叹气。”

“下次你老婆在的时候，你有种再说一遍。”志远说。

阿成想了想，默默地又把墨镜戴上了。

“我说志远，你有这些儿女情长的时间，操心一下经验值好不好？毕竟是比赛，就算赢不了，也不要输得太惨啊。”

“有什么办法？”志远说，“我知道自己不行，玩不好这破游戏。”

一个穿短裙的小姑娘端着啤酒走过来，冲着志远暧昧地微笑。志远赶紧做了个抱歉的手势，把她赶开了。

“喂喂，别灰啊，来都来了，要玩就认真玩。”阿成对志远说。

阿成叫住那姑娘，“我这儿再开四瓶，一起喝，一起喝。”

“我都不知道为什么要来，”志远叹了口气，“我怎么认真？这游戏还有好几十年要熬呢。”

阿成皱着眉头打量了他一会儿。

“我去，见了鬼了，你以前不这样，肯定是被她带坏了。”

“我是被你带坏了吧。”志远说。

那短裙姑娘开了两瓶啤酒，绕到阿成的右边坐下。他的左边坐了另一个妆容夸张的女孩，低着头好像晕得不行了。

“算了你自己喝吧，我不玩了，我走了。”志远说着就准备起身。

“喂，这不刚来吗！”阿成急了，“你慌什么啊？”

“你以为戴个墨镜就没人认得出你吗？”志远严肃地说，“你老婆要看见了，你想过后果吗？还不得出人命？”

阿成身边的两个啤酒小妹对视了一眼，就想站起来离开。

阿成哈哈干笑了两声，搭住她们光滑的肩膀，把她们又按回到座位上。

“不过是玩玩嘛，”他笑着说，抓起面前的啤酒，一饮而尽，“游戏而已，何必认真呢。”

电视剧结束了，接下来是无聊的新闻时间。

志远和晴子在沙发上坐成他们最喜欢的姿势：志远把腿摆在茶几上，晴子把腿放在志远的大腿上。她一边咬着葡萄，一边用细长的手指整理乌黑的短发，志远看着她的侧脸，感觉十分性感。

志远经常怀疑，在真实的世界里，女人会不会如此性感。

“把新闻关了吧。”志远伸手去摸遥控器。

“哎，别别，看看这个。”晴子伸手拦住他。

电视里一群人正气势汹汹地喊着口号，其中一些人还举着五颜六色的牌子。一个胖胖的女孩正在镜头前接受采访。

晴子拿起一串葡萄，眼睛盯着电视，几颗葡萄掉到了地上。志远也不想管，他的手已经移到了晴子的腰上，还想继续移动，却被她按住了。

这个电视里的姑娘是刚参加保退运动的新人，但看上去非常投入。

“……我已经说过了，不要问我为什么退出，也不要问我要不要退出，这不是我想不想退的问题，而是我能不能退的问题。”电视里的女孩语速飞快，“几百年来通道从来没有关闭过，即使大瘟疫时期也是如此。现在又说有什么新的危机，那你就说清楚啊，否则接口控制局必须开放退出通道，这是关系到每个玩家最基本的……”

志远把电视换到了科普频道，一个头发稀疏的老头在给观众讲解虚拟心理学。

晴子把葡萄吐出来，对着志远一阵乱捶，两人抢了一会儿遥控器，晴子又开始不高兴了。志远叹了口气，把遥控器递给她，她又不想看了。

“我都不知道，通道全都关闭了？”晴子突然问道。

“哦，说是什么特殊时期的紧急预案。”志远撇了撇嘴。

“他们为什么要抗议？难道真的想退出？”

“既然是游戏，难保没人会放弃啊。”

“可是为什么？”

“我也不知道，可能是竞争太激烈，觉得自己没什么希望了吧。反正都赢不了，投子认输。”

晴子陷入了沉默。

“志远，我们换个地方吧。”晴子认真地说。

“好啊，我们去卧室吧！”志远伸手揽住她的腰。

“你知道我在说什么，”晴子甩开他的手，“我不想再待在三浦了。”

志远沉默了，这样的对话已经发生过好多次。

“为什么呢？我回家太晚吗？”

“这里的一切都太快了，太累了。”

又是这样。每次都是这样。

“晴子，你听我说，”志远认真地盯着她，“你看着我。”

她抬起头，像一只受伤的小猫，眼里是困惑和忧伤。

“你还记得这是一个比赛吗？”

“这是一个比赛。”晴子喃喃地说。

“这是比赛！”

“嗯，我知道。”

“它一旦开始，就没有停止的时候。比赛的节奏一快起来，就没有慢下来的时候。每个人都不想输。你知道，很多机会只有三浦才有，别处是找不到的。在这里，我们可以去接各种各样、五花八门的任务，如果我们坚持下去……”

“我坚持不下去了。”晴子的眼睛湿了，“这里确实什么都有，但没有生活。”

“但是我们活着。这里让我感觉自己活着。”

“我以前也这么觉得，”晴子的眼睛红了，像潮水一样迅速。“但我坚持不住了，好累啊。活着好累啊。”

志远关上灯，晴子终于睡着了。

睡一觉就好了，他一直这么说。

志远睁着眼睛，盯着头顶的吊灯。它们光芒四射的时候，能照亮整个世界，但在深夜里，回归黑暗的怀抱时，却会让黑暗更黑。

他知道只有夜深人静的时候，自己才是那个真实的陈志远，虽然这个真实的自己，他并不喜欢。

过了许久，他还是没有闭眼，轻叹了口气，翻身下床，走进书房，打开电脑。

屏幕上显示的是正在进行中的任务列表，已经堆成了山。它们分属于三个不同的任务线，包括管理、技术和设计，但都属于游戏中的同一个职业。志远如果在年底之前把这三条线五十九个任务全部做完，就能获得足够的经验值，升到下一个职业等级。但今年只剩两个月了，按他的速度，不吃不睡也不可能做完。

他关掉任务列表，打开邮箱里的最新邮件。

那是组织的内部邮件，保退运动的下一次活动通知。

3 小静

梭罗科学院，整个系统中最令人向往的学术殿堂。

第一报告厅，梭罗科学院最宏伟的建筑。

梭罗科学院年会，第一报告厅每年最盛大的学术活动，会议发布的垃圾论文可以铺满梭罗，两层。

一群骗子，表演和相互吹捧演技。这就是段垣眼中的年会。

段垣瘫坐在报告厅的座位上，恨不得滑到地上去，正想把腿架到前面的椅背上，被旁边的小静眼疾手快地阻止了。

台上正在演讲的是唐宗翰教授，正在高谈阔论经验值实在论的哲学内涵，听众显然有点接受不了，很多人在交头接耳。甚至小静也克制地笑了笑。段垣挺欣赏她这种带着嘲讽色彩的微笑。

唐宗翰的语气十分坚决："我认为，元规则理论会是经验值学说的未来。在过去一年里，我们在元规则研究中已经实现了令人振奋的突破，对经验值规则的定量解释在统计意义上已经有足够高的置信度。元规则的实用前景更是不可限量……"

“什么狗屁元规则，”段垣实在忍无可忍，“这样的民科去大众学派好了啊，搞点秘密法则什么的，混什么学术圈啊！”

“小声点！”小静左顾右盼，“普通玩家谁不喜欢这些东西，谁家枕头边上没几本经验值大揭秘之类的书？这种书可畅销了。”

“昨天那些系统建筑学、系统电子学什么的，虽然没什么意义，但至少有点用。今天这些所谓的科学家，全是骗经验值的。”

“对，只有你没骗人，”小静给他一个嘲讽的表情，“你真才实学，你物理系首席大爷。”

“这不是才学的问题，不是智商的问题，”段垣的劲上来了，“这是关于什么才是自然科学的研究对象的问题。这些所谓的自然现象，都是些数据和算法而已，明天人家随便调调参数，他们的所有理论就都成废纸一张。耻辱啊，耻辱！”段垣往天上翻了个白眼儿，“要是外面的系统架构师看到我们搞的这些破玩意儿，还不笑得满地找牙。没错，这就是为什么那些狗屁研究总是能通过评审。”

小静已经不想再接他的话茬儿了。

“对了，说到这儿，搞 NDP 的那个姑娘，今年被拒之门外了。”段垣说。

“你到底认识多少姑娘？NDP 又是什么？”

“你居然不知道？自然设计哲学，是一种理论框架，解释系统为什么被设计成初等科技时代的样子。他们对各种文明时代特征和科技树前景做了分析，论证了如果 NDP 的确是系统设计的原则，那当前的世界就是最自然优雅的……”

唐宗翰的演讲结束了，台下响起稀稀拉拉的掌声。段垣正想吹个响亮的口哨，小静又眼疾手快地阻止了。

报告厅外响起汽车紧急刹车的声音，一辆接着一辆。紧接着是密集的脚步声，一定有很多人在舍命狂奔。虽然声音不大，但段垣听得清晰，心烦意乱。

裤兜里振了一下，段垣掏出手机，收到一条信息，来自名为阿羽的联系人：“终于到这天了。等不及了吧？”

段垣一时想不起自己把谁的名字存为阿羽了。

“发错了？你哪位？”

手机振动。

“别浪费时间了，这里没什么好节目，你自己的就更不行了。等着看我的演出吧，保证你没见过。”

段垣吃了一惊，向四周张望了一圈，没发现什么可疑的人。

“怎么了？”小静说。

段垣没有说话，使劲回忆阿羽到底是谁，完全没有头绪，但心跳毫无理由地加速了。

“你到底是谁？”段垣把问题敲进手机。

“你女朋友还蛮漂亮的。”

“什么演出，我为什么要看？”

“你自己预约的啊。”

“到底什么演出？”段垣感觉自己的心跳越来越快。

对方没有再回复。

一阵雷鸣般的掌声。现在上台的是心理学家胡科瑞，一个金发瘦高老头，举止儒雅，声音明朗沉稳，倒是有大师的风范。他的演讲题目是“论催眠作为潜记忆研究之工具”。

“这年头根本就没有真正的心理学，”段垣又开始批判，“以前那什么拟真精神分析还不错，现在越走越偏。”

小静没有理他，段垣知道她不爱听，但还是忍不住：“没有非拟真环境的实验，做玩家心理学实验的都是伪科学。”

“不管你怎么说，”小静看都不想看他一眼，“意识是同时存在于两个世界的客观实在，是连接两个世界唯一的桥梁。”

客观？实在？段垣瞪大了眼睛。

又要开始了，每次都是这样开始的。不，不要回答，不要反驳，不要说话。她是你的女朋友，不是同事！段垣拼命闭住嘴巴，脸都憋红了。

耳边传来胡科瑞的声音：

“记忆有多个层次。快速读写的短期记忆，索引存档的长期记忆，以及更深层次的潜记忆。潜记忆不存在于模拟层上，只存在于物理层，也就是玩家真正的大脑里，我们无法直接访问。

“潜记忆的形成有多种原因，比如进入系统之前就有的记忆。无论这种物理记忆是怎么形成的，由于跑在虚拟层的显意识无法感知脑桥，也就无法穿透脑桥，访问到它们。但虚拟大脑完备性和脑桥隐蔽性之间存在某种本质冲突，这一线索将我们引向脑桥在意识世界中的真正坐标，当然，这不可能在显意识中做到。

“最近我们发现，使用催眠，也许可以令受试者的潜意识以某种形式访问到脑桥外面的世界，也就是说，有可能接触到玩家进入系统之前的记忆。”

“连脑桥是什么都还不清楚，”段垣摊手道，“这些结论是做梦得来的吗？”

小静在看手机，并不想理他。

段垣的手机又振动了，他赶紧拿起来。

“对了，我可能会杀死你，也可能不会。如果真死了，请见谅。”

段垣拿着手机的手僵硬了。

这算是死亡威胁吗？

仿佛能想起点什么，却怎么也抓不住。

小静瞄了他一眼，终于跟他说话：“你老年痴呆了吗？下一个就是你了，快去准备！”

听到这话，段垣猛然从记忆的迷雾中抬起头来。他揉揉眼睛，脑子里一片混沌。

那一片混沌是什么呢？难道真的有潜记忆？还是我真的痴呆了？段垣看着手机，又看看身边的小静，一时竟不知道自己要做什么。

段垣深呼吸了几下，这一年来艰苦的工作在眼前浮现。好吧，搞定演讲和评审，把系统本质的研究推进下去，这是唯一真正有意义的事。没错，自己这一生最想要的，也就是求一个真相而已。

4 江璃

梅塔河上的风清冷如冰。江璃下到船尾的甲板，风才小了一些。她依着铁栏，想起十几年前，也是在这样一个有风的早上，妈妈告诉了她那件最重要的事。那时她只有两岁多，时间已经太过久远，细节早已记不清晰，只记得湖面上的风寒冷刺骨。这残缺的片段竟是江璃记忆的开端。

妈妈说，这是一个叫作系统的虚拟世界，我们活在一个游戏里面。

玩家被隔离外部记忆，进入系统，开始长达一生的比赛。玩家的游戏生命结束后，根据经验值裁定胜负。失败者的命运，比赛的目的，没有人知道。

人们唯一知道的是，结果非常重要。这是不言而喻的，因为比赛是如此的痛苦而漫长。

有多重要，比我还重要？江璃一直想问，但她从没开过口。

现在已经再没有机会了。

“阿翔是谁？他们说的那个？”阿南走过来，也倚在铁栏旁。他的身材清瘦，又戴着眼镜，显得十分书生气。

江璃凝视着河岸飞快后退的树林和山丘，额发在风中轻轻飘动。

“你是几岁知道的？”她突然问。

“知道什么？”

“那件事。”

“哦，大概是一岁半，毕竟越早越好啊，只要小孩能听懂话。”

江璃笑了一声，“不愧是管理员大人。我是两岁多，快三岁的时候。”

“啊，这样……”阿南面露尴尬，不知该怎么表达善意的同情。她当时一定被其他小孩取笑了很长时间。他知道有时候小孩子会做出最邪恶的事。

“我爸也是管理员。”她又说。

阿南感觉有点猝不及防，这条信息没有人告诉过他。虽然绝大多数管理员都是普通玩家，只是权限多一点而已，但她爸爸到底是什么管理员？他知不知道女儿现在的处境？会不会阻挠我们？

“你爸是哪里的？说不定我们还是同事呢。你小时候，他有没有帮你作弊啊？”阿南笑了笑。

“他一直想做管理员，从年轻的时候开始，就向系统申请过很多次。我出生后不久，他突然得到了一个职位。”江璃若无其事地说，“洛奇山生态管理员。”

听到生态管理员，阿南的笑容凝固了，他知道这意味着什么。

“我妈说他一开始答应不去，等我长大后再转职。但有天晚上，他说去伐木场找朋友喝酒，然后就再也没回来。你想，生态管理员的经验值那么高，家庭线完全比不了，做几辈子都不够的。等我长大后再去吗？他又不傻。我妈抱着我，在伐木场门口一直哭到天亮。”

阿南没有说话，低头注视着船尾的浪花。

“所以我妈这辈子最恨的就是管理员。”江璃瞥了阿南一眼，“那我爸走了，她怎么办呢？虽然生活艰难了一些，但是家庭线的经验值她可以一个人拿，也算是补偿吧。不过对她来说，最重要的还是抚养线的任务，我从小长到大，一路走来全是她的任务，虽然加倍辛苦，但经验值也不少。我工作赚的经验值，对她也有加成。我爸走了之后，她的求胜心越来越强，天天念叨着要打败那个王八蛋，要让他悔不当初，要让他一败涂地。她要我去梭罗的大学念书，以后进梭罗科学院飞黄腾达，什么都给我安排好了。但我就是不喜欢，我对那些没兴趣。我想做猎人。”

江璃笑了下，“我以后会是梅塔镇最厉害的猎人，我什么也不怕。”

阿南看着这个眼睛清澈的女孩，她还不知道自己将面对的是什么。

“为什么不去梭罗呢，不管怎么说，比赛胜利不是最重要的吗？”

“因为阿翔姐告诉我，还有更重要的东西。”

“是吗？”阿南不置可否。

“她跟我相处的时间不长，但改变了我很多。”

“改变了什么？”

“我不知道游戏的目的，但却开始爱上这个游戏了。”江璃神秘地笑道。

阿南愣了一下。

汽笛声突然响起，大概船快靠岸了。

必须尽快套出话来，时间已经不多了。阿南心中焦急，脸上却不敢显露，怕她看出不对的地方。

“我做管理员的原因，跟你爸可不一样，”阿南说，“不是因为经验值。”

“那你想要什么？”

“真相。”

“你不是一岁半就知道了吗？”

“比赛的目的，赢家的奖励，真相背后的真相。”阿南认真地说。“难道你不想知道吗？这场马拉松，跑到终点的时候，我们到底能拿到什么？”

江璃的眼睛闪烁了一下，又低下头，整理风中被吹乱的头发。

“阿翔姐七岁才知道那件事。”

“什么？”

“她从小都不开口，既不哭闹也不说话，大家都说她得了自闭症。直到勉强能跟她交流的时候，家人才告诉她系统的事。这时她决定出门远游，家人知道她跟镇里的所有人都不一样，就也没有阻拦。三年之后，当她从梭罗回来时，却完全变了个人。”

“梭罗？”阿南好像意识到了什么。

“前几天，她告诉我，大众学派的人终于发现她在梅塔，她不能再待下去了，必须远远离开，正好也有重要的事情等着她去办。还说要我好好待在梅塔。”

“但你现在却要离开梅塔去找她，因为大众学派也盯上了你。”

“对啊，他们就是一群精神病。有个白痴说，阿翔姐杀了他们的人。”江璃翻了个白眼，“这不是疯了吗？”

“嗯，这不可能。”阿南声音凝重，摇了摇头。

“看看这些疯子，难道这不是你们管理员的失职吗？”

“反正不是我的失职。”

“想不到我终于要去梭罗，以前打死也不愿去的地方。”江璃伸了个懒腰，脸上是金色的晨光。

梭罗！原来阿翔去了梭罗！阿南的心跳突然加速。

但梭罗这么大，如果不知道阿翔具体身在何方，要找到她无异于大海捞针。

更重要的是，梭罗是古代圣地，系统核心城市之一，警戒水平高过系统里其他的任何地方。他几乎百分之百确定，阿翔不可能去那里。

阿翔可能在任何地方，但不可能在梭罗。她骗了她。

或者，更有可能的是，江璃识破了我的身份，骗了我。想到这里，阿南心里一沉。

“我要找到她，”江璃的脸上充满向往，“我想像她一样自由。”

阿南看着她，想说点劝阻的话，却欲言又止。

看来情报是对的。

她可能真的会成为异道。

客船在下游港口卢齐尼亚克停靠半小时。阿南跟江璃一起下船，码头的每个关口，他们都小心翼翼地避开看上去可能是大众学派的人。

卢齐尼亚克也是个拥挤嘈杂的中转码头，人声喧哗，五光十色，乱象丛生。穿过一个叫卖武器、坐骑和香料的大市场之后，他们顺利地拐入一条僻静的石板路小巷。从这里往北出镇再走上半天，穿过月外森林就能到大成渡，再坐两天船，就是梭罗了。

阿南的背包里响起有节奏的振动，是他的手机。

阿南说得接个工作电话，让江璃先在旁边等会儿。江璃点点头，开始打量一个药水摊，架子上摆着五花八门的液体，写着各种各样的功用，大都是各种致幻剂。阿南绕到药水摊的背后，接通电话。

“为什么还不动手？”

“还没调查出那个人的去向。”

“你调查不出来了。”

“再给我点时间。”

“赶快把任务完成！这次系统危机的严重程度，你是知道的！”

“所以我才要把威胁找出来啊！”阿南压低声音，“否则只清退她有什么用？我完成任务倒是容易，但再也没有人知道……”

“不要擅自做主，按照指令行事！完成任务是第一优先，异道不是你对付得了的，不要忘了你现在的身份！”

“呵，我的身份。”他无奈地笑了一声，“这么多年了，我什么时候才能拿到真正的身份？我看，大概是时候到此为止了，我不想最后跟你一样。”

电话那头沉默了一会儿，“他们说过了，这是你的最后一次试炼。想想你这些年，那么多的修行，不就是为了最后能走进那道门吗？你说得对，我是失败了，但我一直相信，你是我唯一的希望。”

阿南心里明白，电话那头的人，虽然口口声声说是为了解决危机，但最让他牵挂的却不是世界的安危，而是电话这头的自己。

“等我真的进了那道门，我们就是两个世界的人了。”阿南低声说，“如果这就是你的希望，如果这就是你想要的，好吧，但愿我不会让你失望，爸。”

阿南收起手机，深呼吸了好几下，才又走回到那条小巷。

巷子里一个人都没有，江璃已经无影无踪。

阿南瞪大了眼睛，明白自己上当了。江璃已经知道了他是谁。

也许从一开始江璃就知道，表面上谈笑风生，只是利用他逃出梅塔而已。

现在，她消失了。

5　晴子

阿尔法广场是新赛博风格的建筑，过去，这种风格代表着先锋和叛逆。壮观的银色立面，锐利的直线边缘，平面贴图退化的超现实像素效果，一切都是在模仿低精度多面体 3D 建模。身处其中，系统仿佛降级成古代计算机模拟出的粗糙世界。艺术的力量能催生出深刻的洞察力，似乎能让人更容易看透世界的伪装。当时很多著名的系统哲学家，都在新赛博地区进行冥想和创作。不过那个喧嚣的时代已经过去，现在的新赛博风普遍用在时尚豪华的商业中心。

陪晴子逛了一下午，志远筋疲力尽。晴子应该比志远更累，但她还想再继续逛下去，毕竟阿尔法广场十分巨大，他们只逛了三分之一。

“不然晚上做什么？”她问道。

“有很多可以做的啊，”志远说，“我们可以看看书……对了，我自己那个项目计划还没写完，阿成要我帮他搞的设计也没做完。你还可以画画啊，你不是还想考油画的等级，去接艺术家任务吗？你还有一堆稿子没改完……”

“好了你不要说了，我知道有很多事。”晴子有点不高兴。

“不是我想说你，上个月你接了这么多任务，最后交了几个？”

“你不用说我也知道。我也很焦虑。”

“对，我明白，但我早就想跟你说，我发现你焦虑的东西，根本不是那些任务。”

晴子愣了一下，“对，我焦虑的不是它们。”

居然承认了。

“那你在焦虑什么？你是在逃避吗？还是在拖延？”

“我也不知道，”晴子的声音低落，“我不是在逃避，也不是在拖延，我只是什么都不想做，我觉得做什么都是在浪费时间，不知道我该做什么，但我什么都不做，看到每一天结束，我就更加焦虑。你知道我并不是真的想逛街，对吧？”

“我猜也是。”志远皱着眉头，“你都不买。”

“逛街让我有种在做点什么事情的感觉。”

“所以你到底想要什么呢？”

“我想要很多时间。”

“你看，”志远努力表达出一种循循善诱的语气，“我们有那么多任务可以做，我们甚至可以挑挑拣拣，选自己喜欢的，对不对？你说喜欢做一些文字的事情，就去接了几个编辑任务，不是很好吗？你以前就会画画，以后能接艺术家任务就更好了。又是你喜欢的事情，又把经验值赚了，不是很完美吗？”

“是啊，是不错。”

“那你有什么好焦虑的呢？去做不就好了。”

“我不知道。”晴子说，“我不知道为什么要去做。”

“因为……这是场比赛？”志远觉得这个问题令他匪夷所思。

“但是，做再多的任务，我的焦虑也不会减少。说到底，这比赛到底为了什么呢？”

“晴子，你要知道，虽然现在你已经忘了，但当时是你自己决定到这里来，参加这场比赛的。你要相信自己的决定。”

志远的语气无比真诚，但晴子的眼神显然写着不信。

“我自己的决定？真的是我自己决定的吗？”

晴子独自走在前面，穿过华丽的大厅，来到室外。阿尔法广场空气冷冽，又黑又幽静，只有孤零零的几个人。志远赶紧跟上，后悔为什么一开始不好好逛街。

“晴子，你到底是怎么了？外面好冷，你冷吗？”

“没错，我们的生活已经挺好了，但我发现，我好像一直在躲，在害怕某种我从没见过的东西。我觉得很无助，因为我没有可以抵挡它的盔甲，或是身体里没有可以抵御它的抗体。对，这种东西我没有面对过，所以我没有抗体，但它正在一点点地把我消灭掉。”晴子的声音中带着颤抖，“我撑不住了。”

志远忧虑地看着她，过了许久，他伸手摸了摸她的头。“你是不是以为我有这种抗体，才跟我在一起的？觉得我可以……怎么说，把你治好？”

晴子低下头没有说话。她的眼睛藏在刘海后面，他看不见。

“但是你现在发现，其实我没有，对不对？”

晴子没有回答。

志远想了想，认真地说，“我有个办法，我们去做家庭线任务吧。”

晴子转过头，“家庭线任务？”她的声音颤抖，仿佛凋零的落叶。

志远接着说，“对，我们结婚。”

“结婚？为什么结婚？”

志远听到这句话，心里一阵绞痛。

“不为什么，你就当是为你自己吧，因为游戏规则就是这样，系统的玩法就是这样，结婚让你更容易获胜。结婚之后，我们可以从家庭线领到一系列新任务，工作线的任务就能减少，这样我能多陪陪你，你也有更多的时间去思考，自己到底想要什么。更何况，我们的年纪会越来越大，身体越来越差，能做的任务越来越少，最后只有家庭线的任务能做一辈子。”

“不，不要，我……”晴子的声音细若游丝。

“家庭线任务都是日常向的低要求任务，难度很低，做着很轻松，全年龄段，没有等级要求，再也不用去想今晚要做什么了，反正每天都有得做。他们说，工作不行家庭补，笑得最早不如笑到最后，年轻时落后不要紧，下半辈子长得很，有的是时间慢慢追。”

“别说了……”晴子的声音变成了哀求。

志远好像根本听不见，继续说道，“最棒的是，有了小孩之后就可以做抚养线的任务，以后小孩工作了，我们可以得到经验值加成，自己就更轻松了。要是我们再多生几个……”

“别说了，求求你，别说了。”晴子捂住嘴，哭了起来。

她哭得好伤心，泪水一串串地掉下来。

据说，系统里最浪漫的任务都出在家庭线，因为没有跟恋爱相关的任务，仿佛每个玩家自动都会去恋爱，但却不是每个玩家都会浪漫到去结婚。

这天是志远生命中另一个重要的瞬间，因为他知道了，晴子不想做家庭线。

即使是跟他一起，也不想。

晴子所不知道的是，志远曾经暗暗以为，晴子会是他的解药，现在他明白，自己错了。

6　小静

段垣攥紧了冒汗的掌心，开始演讲。

“自古以来，人们一直相信，自然科学是为了拓展人类知识和智力的极限而存在的。我非常同意这个见解，今天，我们必须注意到的是，对虚拟世界的研究并不能为人类知识开拓疆域，只有对真实世界的研究才是真正的科学。

“虽然系统屏障将我们与自然界几乎隔绝，但模拟机制本身留下了一些蛛丝马迹，从这些迹象，我们有可能一窥真实世界的物理性质。离散物理学就是一条重要的线索。

“大家都知道 3D 游戏，它们很多都使用了随视角逐级细化的模拟方式，离你很远的物体，你反正看不清，使用粗糙的模型就够了；离你越近，就改用多边形越多的模型和越精细的纹理贴图；不在你视线中的物体，干脆不显示。这样做可以节省大量内存和计算能力，使模拟大规模场景成为可能。

“很早以前，科莱爵士就猜测，系统也采用了类似的策略，我们观察时离得多近，就显示多少细节，没有人看到的地方，就不显示。换句话说，系统规律遵循惰性法则：只显示让玩家能正常观察的最简化世界。这个猜想一直都无法被观测证实，因为观测结果的一致性本身就是它断言的结果，你无法观测到你没有观测的东西。

“但是，革命性的突破来自物理学界之外。四十年前，尽管计算机还处于十分简陋的阶段，但系统架构学家雷普教授提出论证，假设超级计算机与我们的计算机在原理上一脉相承，那么不论其计算能力有多强，对物理世界的模拟也不可能是连续的，这就是说，存在一个尺度下限，我们的世界在那个尺度以下必然是离散的。雷普教授甚至还给出了这个下限的估计值。

“这个推理让物理学家们想起了尘封多年的惰性猜想。如果我们离得越来越近观察，直到逼近雷普下限，会发生什么？大家都知道，当时物理学界的热点在相对论，只有丁婉教授把注意力放在科莱猜想上，那一年她提出了著名的双缝思想实验。

“当时，人们已经从双缝实验中，根据光在屏幕上的干涉现象，得知光在系统中是以波的形式来模拟的，这很容易理解，因为波是一种理想化的描述，方便存储和计算。

“丁婉预言，在双缝实验中，如果玩家在观察屏幕，系统就必须显示光打到屏幕上的效果。但因为雷普下限的存在，也就是系统的模拟能力有限，如果把光持续减弱，弱到一定程度的时候，打到屏幕上的光就只能显示为一个一个离散的光点，就好像把水龙头不断关小，水流小到一定程度，就会变成离散的水滴一样。

“这时候，由于我们还没有去观察光子的传播路径，根据惰性法则，系统将仍然使用最简方式，即波的形式来模拟光的传播，因此我们将会观察到不可思议的现象：单个光子在屏幕上仍然会产生干涉条纹，就好像同时穿过了两条缝，自己跟自己发生了干涉一样。

“如果玩家离得更近，去观察光子路径，系统就只好调用更多的资源，模拟出每个光子的路径显示给玩家，这样一来，光的路径改由粒子模型来描述，光子只能穿过其中一条缝，干涉条纹便会消失。

“于是，结合惰性猜想和雷普下限，就构造出一个近看与远看的观测矛盾。

“丁婉的天方夜谭式预言，当时无法验证，但随着实验手段的进步，后来很快得到证实。而离散物理学也随之快速发展，我们现在知道，不仅是光，所有物质在被玩家观测之前，都以波函数的形式存储在超级计算机中，只有被观测到的那一小部分，才被赋予确定性质并渲染成实体。这是程序设计中常用的惰性求值的优化方法。

“表面看来，系统如同神一般模拟了天文数字的粒子组成的浩瀚宇宙，但利用惰性法则，系统真正需要计算和存储的物质状态，其实很少。这种退而求其次的策略，说明系统计算能力具有可估算的上限，外部世界物理性质也可以得到相应的推断，另外，还可以通过离散物理学现象，研究超级计算机可能的结构和原理。

“下面，介绍一下我准备研究的几个具体方向……”

坐在前排的评审专家个个表情严肃。有人在交头接耳，但似乎没有谁露出感兴趣的眼神。

小静在台下听得心不在焉，似乎对上面这些东西早已了如指掌。

段垣感到十分紧张，口干舌燥，努力保持着僵硬的微笑和充沛的热情。

接下来才是成败的关键。

“……现在我们看这张图。有时候，一对粒子会产生纠缠，比如一个是黑的，另一个就一定是白的。但玩家看到它们之前，谁黑谁白并没有确定下来，因为根据惰性法则，还不需要去求那个值。但是当玩家观察其中一个粒子时，它的状态就被系统渲染出来，与此同时，另一个粒子也被渲染出来，好像是一个‘通知’了另一个。以前我们认为，这种现象违背了信息传导速度不能超过光速的原则，是系统的一个漏洞，但后来做信息论的人说，这个过程没有传递经典信息，不是漏洞。”

“可是我们忽略了一个重要的事实，”段垣换了张图，“当玩家观察其中一个粒子时，系统生成的不只有两个粒子当时的状态，还有两个粒子从产生纠缠，到离开，到被观察，这整个历史。”

“回过头考察双缝实验，如果我们等到一个光子即将击中屏幕时再观察它，会发生什么？或者说，系统已经用波实现了绝大部分行程，这时我们拦住它——等等，告诉我这个光子走的哪条缝。你猜这时候系统会怎么做？系统会取消用波描述的简化版历史，重新计算这个光子的历史：诞生，穿过某条缝，到达屏幕。玩家观察光子之前的历史被重新创造了。”

听到这里，小静坐了起来，手肘支在前排椅背上，仔细地观察着段垣。

她的嘴角动了动，似乎笑了下。

她往四周环顾了一圈，轻轻起身离开了报告厅。

“玩家在系统中过完一生后，要是发现外面的自己也变老了，这样的比赛还有什么意义？”段垣的手在空中坚定地挥动，“不，这种事绝不会发生，因为系统有能力在一瞬间生成任意长度的整个历史。”

“一个光子的历史已经完结，但系统想改变它的时候，就把它的时间线抹掉重写了。时间像圣婆罗大运河，从前是一条流向北方的河流，后来却被我们改道，流向了东北方。

“请注意，这里的‘从前’和‘后来’，虽然是时间的语言，但却在描述一个超越时间的维度。要做到在‘瞬间’模拟出一部历史，超级计算机所处的时空，时间维一定是超过一维的。”

“我会利用计算集群，算出代表这个时空结构的解，”段垣坚决地说，“我将解开超级计算机的秘密，解开系统的秘密。”

最后一句话观众没听清楚，因为窗外又传来数不清的汽车引擎同时发动的轰鸣声。

段垣在报告厅外面找到小静的时候，她正从小卖部出来，捧着杯奶茶。

“怎么样，你听了吗？感觉如何？”

“我之前就说过啦，这个方向没前途的，你就是不信。”

段垣心里一阵恼怒，“你们怎么都这么说？事实摆在这里，我知道它是对的！”

“我们？还有谁也这么说吗？”

“没……没有谁。”段垣当然不想让她知道阿羽，“我只要拿到计算资源，算出模型参数，看你们还有什么好说的。”

“但是你要通过评审才能拿到计算资源。你通得过吗？通不过的。”

“那是因为这些老家伙……”段垣正要发脾气，看见徐主任正急火火地朝这边走来，又压低了声音，“我不管他们怎么想，但是连你都不理解我，我真受不了。”

“那你理解我吗，我做了这么久的研究，你知道我们现在的进展吗？还是你根本就不关心，因为虚拟心理学就是伪科学？”

段垣脸上写着四个字：无话可说。

“西岸的回复，我已经拿到了，”小静说，“脑科学研究所给我发了正式的任务邀请，我决定过去接那边的任务了。毕竟西岸的硬件水平，比这里高得多。”

“什么？任务邀请已经发了？”段垣这才想起，之前小静跟他提过西岸的事，但他早就已经抛之脑后了。

“我可记得你以前说的话，不要反悔哦。当然，你要是不想陪我去，那我们俩恐怕……”

“等等等等！”段垣赶紧打断她，“我确实是说过要陪你去，但我现在这个研究必须得在梭罗做，你知道我搞了这么久，现在已经到了最关键的时候，也是我最后的机会了。”

“既然是这样，那我们就只有再见了。”小静冷冷地说。

她似乎早预料到会这样，也早就做好了决定。

“我知道你不认同我的观点，但你也要考虑下我的感受啊。”段垣有点生气了，“你认识我这么久了，还不了解我？你知道这个东西比我的命还重要，就不能体谅一下吗？”

“对，我太了解你了，它确实比你的命还重要，也比我重要，我太知道了。”

小静的语气一直从容冷静，仿佛对段垣没有任何感情。但说出这句话时，她的声音颤抖了，眼眶竟也有点发红。段垣看在眼里，心中更是煎熬。他咽了咽口水，认真地说：“小静，我们做了几十年任务了，好像特别明白自己在做什么，但其实又不明白，从来就没有明白过。在系统规则里面，没有玩家能知道游戏的目的，你不可能知道，我也不可能，这是自然规律，是我们没法改变的。我很想知道自己到底在做什么，但也许永远也不会知道。可是，没有任何规则不允许我们知道这个宇宙是什么样子的，这个宇宙在做什么！我们不能向系统要答案，但我们可以向科学要。小静，你对我真的很重要，但我想要一个答案。”

段垣看着她，等待她的回答。她咬着嘴唇，似乎正在做一个极端困难的决定。

“段垣！”突然有人叫他。

他往那边一看，是徐主任。

徐主任瞪着他，做了个赶紧跟上的手势，面色凝重，脚下都没停，往物理楼方向飞快地走去。

段垣跟在徐主任身后，心里忐忑不安，不知道为什么叫他来，想打听一下项目能不能过，看他脸色这么难看，又不敢问。

“你那个方向怎么还在做？”徐主任低声说，“不是早告诉你不行吗？”

“不是之前的方向，”段垣小心翼翼地说，“我以前确实犯过很多错，我知道。但这次的思路真的对了，我能感觉得到。”

“段垣，你知道我是什么意思，”徐主任的语气严厉起来，“你整个大方向就不对。系统里面那么多问题没解决，你何必非要去研究外面是什么样子的？一定要搞得惊天动地吗？正常任务的经验值不够高，你看不上？就不能踏实一点？我跟你说，不要赌太大，会后悔的。”

徐主任的脚步又加快了，段垣赶紧跟上。“老徐，你看，我要是搞不出来，是我自己的经验值吃亏，要是搞出来了，这项目评奖肯定没问题，这不是我一个人的荣誉，是咱们全系的荣誉。”

徐主任知道他想说什么。要是真的获奖，徐主任作为管理线负责人，也能获得相当高的经验值加成。

“你还好意思提物理系，我跟你聊过系里明年的几个重点课题，让你选一个，结果呢？我一直很看重你，但你要是看不上梭罗科学院，恐怕再待下去也没什么意思。”

段垣一愣，这是要赶他走的意思？段垣心里万万不想离开梭罗，他看着徐主任，徐主任带着厚厚的眼镜，脸拉得老长，看得出来也是一肚子气。

他咬了咬牙，认为徐主任是在吓唬他。他对自己在系里的重要程度，还是有一点信心的，他知道如果自己走，对徐主任是个不小的打击。

“我今天才知道，西岸的脑科学研究所已经给小静发任务邀请了。”

主任“嗯”了一声。

“她叫我跟她一起去那边，不然就跟我分手了。我也在考虑，要不就不做物理了，到那边换个专业，反正都是学术任务，经验值也差不多。”

徐主任停下了脚步，手插在裤兜里。

“任务邀请，她接了吗？”

“还没有。”段垣长叹了口气，“老徐，我们认识这么多年了，我这人就一根筋，你还不知道？要真让我不做物理，不做宇宙学，那还有什么意思，一辈子这么长，我怎么玩得下去？”

徐主任沉默了，他当然明白段垣的梦想，他太明白了。

因为段垣就是从前的自己。

只不过人的想法会在时间中蜕变。这是游戏规则，是自然规律。除非一个人能不断地遗忘失败，遗忘痛苦，否则再充沛的激情，也会在失败中被消磨殆尽。

在这点上，徐主任是羡慕段垣的。

段垣又说：“不管你信不信，最近我一直有种预感，也许很快就能搞清楚系统的奥秘了。这种预感实在太强烈，就像是未来的我站在面前，对我指手画脚，帮我解决问题，指明方向，我用了三个月就完成了高维时空结构和微观模型的程序证明算法，这在以前简直是不可想象的。我现在只需要集群的权限，只要你能想办法给我，我一定能证明给你看。”

徐主任陷入了沉思。以他的权限，也不能直接管理计算中心，如果私自挪用集群资源，对他来说也是很大的违规风险。他紧闭嘴唇，迈开步子，往物理楼二层走去。

“老徐，如果这次你帮我，”段垣紧紧追上，“系里面不是好几个重点课题吗？哪个最难，让我来解决。”

主任吃惊地看着他。

“我不去西岸了。”段垣坚决地说，希望能掩饰住胸腔里的疼痛，“小静会理解的。”

他知道，小静不会理解的。

他们已经走到了徐主任的办公室门口。

徐主任转过头，对段垣说：“我们回头再说，先办正事。”

难道刚才说的不是正事？还有更重要的事？段垣愣了。

段垣推开门。

徐主任的办公椅上，坐着一个少年。

“徐琛，辛苦了。”他又转过头，“你就是段垣吧？”

“你是谁？”段垣问。

少年十五六岁，精短的寸发，间杂着有些花白。脸上虽有些稚气，但神色沉稳。段垣看他眉目之间，竟有种难以形容的庄严之感。

他伸出食指，往上一指，算是对“你是谁”的答复。

这算什么？段垣一头雾水。

段垣想对他伸出中指，又不太敢。

“有个你认识的人，今天跟你联系了，对吗？”

“我今天是来聊课题的事……”他看了徐主任一眼，徐主任赶紧跟他使了个“制止”的眼色。

“先聊这件事，这很重要。”白发男孩说。

段垣明白了，不管这人是谁，身份应该远在徐主任之上，肯定是某种管理员，惹到他们也不会有什么好事。

“没错，是有人跟我发消息，但我不认识。”

“我知道你不认识，”对方说，“正巧我认识。你可能不信，这女孩是个逃犯，而且极其危险。她手下的受害者太多，多到我都数不过来。这次无论如何，必须把她抓住。”

原来他真的是管理员，显然是执律者，段垣想。

“既然有那么多的受害者，你们怎么还不抓她？这不是你们执律者的任务吗？”

“这个罪犯实在是……太狡猾了。”男孩摇摇头，“残忍，邪恶，狡诈。犯罪就是她的游戏，而且她玩得很好。每次执律者都被她搞得狼狈不堪，无可奈何，到现在连她的长相都不知道。她每次都会发布犯罪预告，而且决不食言，摆明了是对整个系统的挑衅。”

“那她发给我的……你的意思是说？”段垣若有所悟。

“没错，你收到的是犯罪预告，你会是下次的受害者之一。”

段垣瞪大了眼睛，他想起了消息的内容。

“不会吧……为什么是我？”

少年走到段垣面前。“你配合我们行动，我保证你的安全，经验值上你也不会吃亏。给你专门建一个见义勇为任务怎么样？”

能创建任务，说明此人的权限不但远超主任、院长，甚至超过了大部分的管理员。

段垣当然知道自己要什么。

“配合你们，就是要我做诱饵吧？没问题，我不怕死，我也不要什么见义勇为的破玩意。”段垣说道，“我要科学院计算中心的权限，让我用两个星期。”

徐主任在一旁盯着他们，没有说话。

“三天。”

“好！还有，别让我死了。”

“放心，系统已经决定让她永远消失。正因为执律者一直拿她没办法，我才来了。”少年轻描淡写地说道，“我不是执律者，我在律法之外。”

“对了，你可以叫我廿九。”他说。

段垣看到他的嘴角露出微笑，带着一种独特的邪气。

7　江璃

阿南在卢齐尼亚克湿漉漉的石板小径上飞奔，泥水四溅，几次差点滑倒，他咬咬牙，集中注意力往月外森林的方向跑去。

找到江璃，这是他最后的希望。他必须走进那道门。

过了一座无名石桥，随处可见的石头房屋变得稀疏起来，这里就是卢齐尼亚克的北门。门口有两个人，一老一少，似乎在等他。

阿南马上认出了他们黑色的长衣。

“她知道你的身份了。”老者眯起眼睛。

“不，她只是信不过管理员。”

“无论如何，现在是时候了。”老者向他伸出右手，似乎在索要某样东西。

阿南犹豫了，退后一步，说：“我自己会执行清退，你们就不要插手了。”

“抱歉，我理解的指令，是由我们来执行。”老者坚持道。

“那你听好，”阿南眼中冒火，“现在新的指令是交给我来做。”

老者冷冷地盯着他，过了许久，他笑了一声："我不是想冒犯你，但恕我直言，我不能接受你的指令，你还不是执密者。"

"我很快就是了！"阿南生气地说道，"没错，上面有人愿意跟你们交易，但我从来都不支持，因为你们相信的那些东西太荒谬了。你们自以为知道什么秘密法则，就无视系统的律法，现在没人管你们，等我成了执密者，你们最好小心一点。"

"喂，我提醒你一句，"光头肆无忌惮地瞪着眼，"有件事别忘了，你自己也是个玩家，我们玩的是同一个游戏，少跟我来这种上级指示的嘴脸。你现在还不是执密者，你现在就是个小破管理员，管不着我们。有点小权限，不得了吗？高人一等了吗？狗屁！"

阿南气得说不出话，但又无言以对。因为痛恨这帮家伙，他心中竟突然涌起保护江璃的冲动。但他又立即意识到，这是个十分危险的信号。

黑衣老者对光头使了个眼色，光头闭了嘴，狠狠地瞪了阿南一眼。

老者盯着阿南，缓缓地说："你父亲小时候，曾经是我的学生。"

阿南一下子愣住了。

"但他是个蠢货，不可救药的那种。"老者的语气若无其事，"当时上面的人选中了他，他不听我的劝告，当场就接受了。修行十年，最后被那些人毫不犹豫地放弃。浪费了这十年，经验值惨不忍睹。更可笑的是，多少年后他还在继续执着于这个想法，念念不忘，竟然要把他的儿子也送去那里。"

"不要说了，"阿南吼道，"这关你什么事？"

“当然关我的事。当时他的妻子拼命阻止他这么做，想想是很有道理的，我们虽然不知道比赛的目的，但却是比赛的主角。为什么放着运动员不做，非要拼了命去做裁判呢？何况会冒着连运动员也做不成的风险。她很伤心，离开了你爸这个蠢货。你爸荒废了青春，失去了胜算，失去了妻子，只好回到儿子身边，谋个小职，痛苦地度过余生。你知道吗？执密者的天赋是家传的，你只继承了你爸那种危险的好奇心，却没有继承到天赋，因为你爸根本就没有，他没什么可以给你的，他只想满足自己的欲望。他是个自私的蠢货。”

阿南沉默了。

“所以你不会成为执密者。我也不用听你的。”老者说完，再次伸出手来，眼中竟带着杀气。

阿南的手在颤抖。他深吸了口气，从背上取下那根裹布长杆，放到对方手上。

“这也是我加入大众学派的原因，”老者说，“因为你们的自私和虚伪不但会毁了自己，也会毁了整个系统。我们要重新教会这个世界，什么是德行。自私的玩家是没有力量的，更不可能有真正的成就。”

阿南的眼中压抑着怒火，他从来没有像现在这样希望拥有力量，把这些自以为是的黑衣人统统消灭的力量。

他正要转身离开，老者又叫住他：“她下一站会去哪里？我们就在那里动手。”

“大成渡。”阿南头也不回地说。

月外谷底的三块巨石组成了一个底部平坦的凹槽，一个绝佳的隐蔽处。江璃从容地点燃了一小堆篝火，火焰缓缓变大，噼啪作响。天空中没有月亮。

一个影子从巨石的缝隙中出现，黑暗里，他像山猫一般无声无息。江璃立时警觉，抄起手边的夜鹰之风，准心里是那个男孩。他的头发又湿又乱，身上满是泥点，脸上还有被荆棘丛擦出的道道血痕，已完全不是早上的样子。

男孩和女孩中间隔着篝火，相对无言，只听得见火焰舔舐的响声。他们身边有条小溪从月外谷底穿过，静静地流向寂静的黑暗深处。

“追踪、隐身、潜行，猎人的基本技能。”阿南耸了耸肩，“我们那里也有这些课。我也学过，但成绩不怎么样。我猜你这些科目一定都拿到了优等。”

“这些课我都没有，”江璃放下弩弓，“是我妈教我的。”

“我还以为是阿翔教你的。”

“她不会这些，”江璃说，“你是来杀我的吗？”

阿南一愣，一时竟不知道如何回答。

“开玩笑的，”江璃笑了一声，“我知道你不能杀死玩家。阿翔姐跟我讲过管理员的事，讲得可细了。我一见到你，就知道你只是执密者学徒。”

阿南眉头紧锁，没有说话。

“没错，我都知道。执密者是人类能做的最高阶职业，也是唯一知道系统秘密和游戏目的的职业。对吧？但你既是执密者，又不是，因为执密者是从所谓的执密者学徒中选出来的，真正能成为执密者的学徒可是凤毛麟角。我看你，也就是个学徒吧。你要是杀了我，经验值同样会扣到零。”

“你怎么知道我是学徒？”

“那个老头看你的眼神，是这样。”江璃瘪着嘴，学老者那不屑的样子。

阿南叹了一口气，心中焦急，知道时间不多了。

“对不起，我之前确实没有告诉你实情，但这件事非常紧急，来不及仔细解释。一次新的系统危机已经开始了，可能是系统史上最严重的一次。阿翔恐怕也卷入其中，而且在扮演一个非常关键的角色。她究竟去了哪里，全系统里，只有一个人可能知道，那个人就是你。”

江璃听了这番话，一时感到难以置信。

但她又无法不信，她知道他的忧虑不是装出来的。这个男孩的头发乱糟糟地黏在额头上，眼神充满焦躁，瞳孔在火光中忽隐忽现。他清瘦的面容被光影刻画得棱角分明。他的话充满信念的味道，又有温柔的气息，像他脸上的光与暗，亦正亦邪。

“我必须知道她去哪儿了，好多人还等着我们去救。”阿南说，“你想想那些无辜的玩家，跟你我一样的玩家，想想他们被异道折磨得奄奄一息的样子，想想他们生不如死，用最残忍的方式结束自己生命的样子。你忍心吗？”

江璃站起身来。

“我能说的，已经全告诉你了。你知道我为什么跟你讲这么多阿翔姐的事？我其实可以什么都不说，甚至让你根本找不到我，这对我来说很简单。”

江璃走近他，抬头看着他的眼睛。

“为什么？因为我想让你了解那些我所知道的事。她不是坏人。我不知道你要去救谁，她又伤害过谁，但至少她救过我。你能想象吗？如果没有她，我不知道会变成什么样，但肯定不会是我自己。你说她是世界的敌人，我觉得恰恰相反，她是这个荒唐世界的拯救者。”

少女的话语有种魔力，少女的眼睛散发着光芒。

他想说：我相信你。

他想说：这是陷阱，快跑。

阿南一把握住女孩的手，心里酝酿着忏悔，准备把一切都倾吐出来。

江璃没有躲开，只是深吸了一口气。

“我以前从来不相信你们，”江璃说道，“不知道是不是因为我爸，每个管理员都让我觉得自私阴险，居心叵测。但是我相信你说的，我相信危机是真的。可是你问过你自己，你真的想这么做吗？去追杀一个别人告诉你很危险的人？你看到证据了吗？这是你自己的判断吗？”

阿南看到她眼中闪烁的火光，看到女孩的善意和信任，看到她眼中无与伦比的坚决。

最后，他看到了自己。

他想起小时候，那些永无止境的修行、艰苦的训练、充满饥饿和伤痛的长途跋涉。想起这些年来，作为学徒所忍受的冷眼和嘲讽。普通人不敢跟他接近，管理员又不屑与他为伍，那扇真正属于他的门却一直紧闭着，秘密的殿堂永不可及。这些孤独和折磨，都始于他对世界真相的极度好奇，这种好奇心又来自学徒家族的世袭传承。但随着时间一年年过去，支撑他的早就不再是好奇心，而是不愿放弃的执着。他就像一支离弦之箭，射向痛苦的靶心，永无回头之时，直到击中悲剧的终点。

更糟的是，那支箭已经快从半空中坠落。

他已经十六岁了，而十六岁以上将再也不能成为执密者，最后跟父亲一样，一生高不成低不就。更重要的是，真相将永远对他关上大门。现在是他最后的机会。他必须下定决心，没有选择的余地。

他放开手，低头看见地上的火焰已经变小，快熄灭了。

“好吧，我去找另外的线索，大众学派的人跟阿翔也有瓜葛。天亮以后，你沿着这条小河走五六千米，就是大成渡。祝你在梭罗一切顺利，你不会再见到我了。”

阿南说完，准备离开。

“喂，”江璃叫住他。“谢谢你。我还不知道你叫什么名字。”

“我的名字不重要，很快世界上就没有这个名字了。”

“你为什么帮我？”江璃又追问道。

“我也不知道。”他低声说，“可能是发现自己有些地方跟你很像。”

阿南转过身，在心里跟她道别。

他明白，这是永别。

8　晴子

“拜拜。”陈志远挂掉电话。

阿成忧心忡忡地看着他。

“她刚才电话里的声音，不太对劲啊，没问题吧？你真的不担心？”

“我有什么办法啊？我现在拿她是一点办法没有。我也不想看她哭，听她闹，但我能怎么办？能试的我都试过了。”

“那是挺烦的。”

“不是烦，是心疼。”志远狠狠地瞪了阿成一眼，“她心里有多糟糕，我就有多糟糕。”

“你天天跟她说加班，她真的不介意啊？”阿成点上一根烟，又给志远递过去一根。

“介意啊，那我是真的天天加班啊，我又没骗她。”

“快走，开始了。”一个戴着墨镜的年轻人走过来，递给他们两块牌子。

“除了今天。”志远说。

他接过阿成的烟，从便利店门口的水泥台阶上站起来。牌子上写着：

若无退出权利，何来公正比赛

他们跟着人群往接口控制局的方向走去，路上的人越走越多，大家看起来都兴奋不已。

“今天真的会出结果吗？”志远问。

“谁知道呢，据说是会。抗议都搞了一个月了，怎么也得有个交代。如果还是不给开，我看下个月整个三浦都要爆炸了。”

“要是开了呢？”志远突然说，“怎么样？”

“开了就开了呗，我还不就是看个热闹。”阿成猛吸了一口烟。“倒是你，你现在都快神经病了你知道吗，要是真失恋了，那还不万念俱灰？我看你退了算了。别祸害群众。”

前面传来一大群人喊口号的声音，有个领头的人在带口号。

“退出无罪，封禁无理！”

“权利神圣，律法必行！”

他们俩离得太远，听不大清楚具体喊的什么，只好跟着随便挥挥拳头。

志远举牌子的手都酸了，也不知道谁会看到，媒体都在靠近接口控制局入口的一边。于是他决定把牌子放下。

这时，他看到了晴子。

她在人群外面，狠狠地瞪着他。

志远的心脏几乎停止跳动，他明白，这个时刻终于来临了。

“你为什么骗我？”晴子的眼睛红着。

志远想了想，也不知道说什么，“对不起。”

“对不起？为什么？”

“我今天来这里没有告诉你。”

“你只有今天在骗我？你一直想退出对吗？你这些工作，跟我在一起你说的话，都是装出来的是吗？”

志远没说话，只是看着她。

“你说想结婚也是假的？”晴子的声音哽咽了。

“你反正不愿意啊，是真是假对你有什么区别？”志远忍不住说。

晴子说不出话，只是快哭出来了。

阿成赶紧说：“晴子你看，这个活动呢，就是叫他们这些该死的官僚打开退出通道，保证我们有退出接口而已。你知道吗？最近有很多传言，也不知道真假的，说其实我们死的时候不会离开系统，而是会继续下一轮游戏，有人说系统是个监狱，有人说是个实验，总之越传越神，越传越吓人。而且有些人发现，还真有玩家记得自己的前世，这不就证实了传言吗？他们上个月还把退出通道关了，这就更可疑了啊！志远这家伙我特了解，他没想退出，他就是看不惯这些狗官僚，争取一下这个……这个权利……”

“别说了！”志远终于忍不住了。“晴子你说的没错，我就是不想玩了。”

阿成死命地瞪着他，眼球都快爆了。

“不过，我没骗你，我只是在骗自己。我为什么把自己忙得跟狗一样？我现在想明白了，不是因为喜欢，不是因为勤奋。我就是让自己没工夫去想为什么，就怕经不起想。我从小就不喜欢跟人争，我讨厌所有的比赛。我放弃，后退，谦让，我把经验值让给别人，把喜欢的女孩让给别人，我就是这么个夙人，因为我看不到竞争的意义在哪里。他们告诉我这个比赛很重要，我不知道。也可能对别人重要，对我不重要呢？

“我好不容易找到了办法，让自己融入这个游戏，结果你出现了。接下来的事情，要怎么说呢？我爱上了你，但却被你逼疯了，就这么简单。我给自己打鸡血已经费尽了所有的力气，我还要给你打。没错，我的爱可以很多，但我真的没力气了。反倒是你，你心里最想要的到底是我，还是我那根本就不存在的抗体呢？”

晴子渐渐停止了抽泣。

她什么都不想再说，只说了句，“再见，陈志远。”

然后就离开了。再也没有回头。

志远呆呆地望着她的背影，感觉自己的骨骼内脏已经碎成了一块一块的，整个身体已经不成人形，再也拼凑不起来了。

这时，人群中爆发出震天的欢呼声。

抗议终于奏效了，通道即将再开。

志远失魂落魄地走下出租车，往公寓楼自己的窗户望了一眼，黑着。晴子没有回来。

怀着说不清的复杂心情，志远往家里走去，或许还有一丝希望，晴子已经回来了，哭累了闹够了，正趴在床上沉沉地睡去。

但这种希望转瞬即逝。他了解晴子，今晚无论如何，她也不会回来了。志远感到有点内疚，她可能早就知道了吧，也许不该瞒着她。他们多久没有过掏心掏肺的聊天了？这事也不能怪他一个人。

一个穿着管理员制服的年轻人在楼道口抽烟，看到志远走进来，打量了他一会儿，连忙拦住他："请问你是陈志远吗？"

得到肯定的回答后，他掏出证件："你好……你好，真是不好意思打扰了，我是卫生防疫局的，有点事想找你一下。"

"卫生防疫局？"志远皱起眉头，"你还在楼道抽烟？"

"哦，对不起，对不起！"年轻人赶紧把烟灭了扔进垃圾箱，脸色十分尴尬。

"为什么找我？卫生费我刚交了。"

"哦，不不，你是不是认识这个人？"他在口袋里摸索了半天，最后掏出一张照片。

照片上的晴子穿得学生气十足，留着齐刘海，脸上满是纯真的笑容。

志远惊呆了。他从没见过她这样的笑容。

无拘无束，无忧无虑，眼里都是未来。

卫生防疫局的办事处离志远的小区不远，大约十分钟车程，办事处是个砖木结构的老房子，只是墙刷得很白，也许是为了给人一种卫生的感觉。或者也有别的用意。

年轻人把志远带进一间机关气很重的小会议室，打开灯，墙壁惨白，亮得晃眼。

“到底想问我什么事情？”志远感到一丝不安，灯光让他的眼睛不舒服。

“是这样，”年轻人说话很客气，“许小晴这个人呢，你知道她以前是做什么的吗？”

“我知道啊，她刚毕业，以前是学历史的。”

“那你对历史了解得怎么样啊？”

“我？干吗问这个？”

“哦，没别的意思，你知道大瘟疫吗？”

“当然知道了，应该是四五百年前吧，发生在梭罗古城。这瘟疫特别厉害，梭罗古城比现在的梭罗要大四五倍，瘟疫流行起来之后，无药可治，他们自己封闭了城墙，还蛮悲壮的。很快就没剩多少人了。”

“还是剩了一些人。”

“对，只有很少的一些小孩活了下来。幸存者把古城收缩到很小一块，再后来就发展成了现在的梭罗。”

年轻人点点头，把那张照片递给他，他认出背景是一些建筑的残骸。

“许小晴毕业的论文题目就是大瘟疫，因为大瘟疫的病原体现在还是一个谜。她当时跟同学组织了一个小团队，去梭罗周边的古城遗址进行调查。她非常厉害，挖得很深，成果很多。”

“然后呢？”志远有种不好的预感。

“但她挖得太深了。”年轻人缓缓说道，“最后她终于发现了病原体，但不幸的是，她自己也感染了那种疾病。她的整个团队都感染了。”

志远感到一阵锥心的恐惧。

“你知道，这种病是无法治愈的。团队成员一个接一个地死去，最后只剩她一个人。从我们的调查结果来看，她把其他人埋在了遗迹挖掘坑里，自己在营地继续待了一个多星期，似乎想跟同学们一起死在那儿。但奇迹出现了，她没有死，她活着回来了。”

志远张着嘴，不敢相信晴子经历过这些。更不敢相信，她居然若无其事地跟自己在一起。

“这不可能啊，你们是不是搞错了？也许去考古的不是她，是别的历史系女生？”他拼命盯着那张照片，照片上的人的确是晴子。

尽管是一个他所不认识的晴子。

“这是我们之前知道的，她最后的踪迹。”年轻人打开旁边一台电脑，把显示器转过来对着志远。

“下面这段视频，是在鹿岛县安全事务局的一个执勤所拍到的，因为半夜三更看她形迹可疑，安全局的巡逻员把她带回执勤所询问。”

录像的质量很差，没有声音，是审讯室门外过道的监视器录下后放大的画面。

他们坐在那里，个子高大、相貌可怕的巡逻员在问她些什么，晴子一直没有开口。

过了一阵，晴子开始哭，捂着脸好像在说什么，他越来越不耐烦，挥舞着双手似乎在对她大吼大叫。巡逻员站起来，气急败坏地向她逼近，晴子一边哭着，一边把他往后推，但他的力气很大，她被他逼到了墙角，身体剧烈地颤抖。

志远看到这里，气得握紧了拳头。

巡逻员愣了一下，好像终于知道了什么，一边推搡着晴子，一边拿出电话开始打。晴子突然朝他扑过去，想要抢电话。剧烈的争斗中，他们移动到了监视器拍不到的角落。

接下来的两分钟，镜头里没有任何人。

突然，晴子出现在镜头里，推开门，跌跌撞撞地出去了。

巡逻员摇摇晃晃地走过来，坐在椅子上，又滑坐在地上。

很快，他开始抱着头在地上滚来滚去。过了一会儿，他开始呕吐。不断地呕吐，地上、桌上全是呕吐物。最后，他用尽所有的力气，颤抖着从身后掏出一把枪，塞进自己还在呕吐的嘴里。

视频在这里适时地暂停了。

志远睁大了眼睛，说不出话来。

“对，这就是我们最后看到她的时候，然后她就人间蒸发了。直到今天晚上，接口控制局门口的监视器又拍到了她和你说话的场景，所以，我们猜你可能认识她。”

志远没有回答，伤心和害怕已经铺满了他的全部意识。

“你下次见到她的时候，别忘了向我们提供一下线索，拨打卫生热线电话就可以。”年轻人客气地说，“我看到她好像是生气跑掉了吧，没关系的，你要是有什么办法能吸引她出现，一定要试一试。”

志远离开卫生防疫局的时候，已经是午夜。昏黄的路灯无力地渲染着混凝土的森林。

电话突然响起，是阿成。

“明天晚上八点，通道重新开放，只开局子里那个大的。好多人都会去，谁知道什么时候就又关了呢。你去吗？”

志远突然想起，视频里面晴子穿的裙子，正是当时在三浦大桥上遇见她的时候，卡在栏杆上的那条碎花裙。

所以正是那一天，她逃出鹿岛县安全局之后，匆忙坐上一辆大巴，开到三浦的时候下了车。

“喂喂，你去吗？你听得见吗？”

电话里是阿成焦急的声音。

志远终于想明白，那晚在大桥上的时候，她之所以卡在栏杆上，原来是想跳下去。

尽管没有成功，但那个过去的她，确实已经死了。

9　小静

漆黑的计算中心走廊上，段垣正对着手机上刚收到的信息发呆。

“去看九个地球。这次别再忘了。”

九个地球，那是什么？

似乎有模糊的印象，记得看到过这么一本书。

我早就约好的“演出”，又是什么？

他越来越确信，这个叫阿羽的人，跟自己曾有过难忘的过去。但自己居然忘记了。

潜记忆吗？难道真的是我在系统外的记忆？段垣摸了摸自己的后脑，一阵发冷。

这个逃犯的手段既然如此厉害，也许根本不是正常玩家，莫非是外部世界的杀手，一路追杀我到系统里面？或者是某种人工智能，可以在系统底层绕道访问我的大脑，在潜意识中埋下后门？

段垣越想越可怕，掏出钥匙，借着手机的亮光，小心地打开机房的铁门。

一个人还是太孤独了，段垣觉得很不习惯。

自从小静知道他要做诱饵抓捕逃犯，以及决定留在梭罗不去西岸之后，就再也没理过他。

他穿过漆黑的过道，走向那台唯一亮着的终端，脚步声在空旷的机房里回响。偌大的机房里没有别人，只听得低沉的风扇声响成一片。

点亮终端屏幕的时候，他发现计算已经结束了。

他突然意识到，马上将要面对宇宙的真相，这个瞬间将会永载史册。他的心脏狂跳，手指颤抖着输入了查看结果的指令。

结果出现在屏幕上，段垣张大了嘴。

站在一堆密密麻麻的电线中间，对着终端上显示的一行行惨白的字符，以及它所代表的含义，段垣觉得不敢相信，不能接受，不可思议。

他的高维时间模型崩塌了。

不论采取怎样的初始假设，选取怎样的参数，这种时空结构中的物质都无法保持稳定的状态，他的猜想被判了死刑。

段垣缓缓坐到地上，望着漆黑的过道发呆。

大约十五分钟后，他拨通了小静的电话。

“喂，你别打来了，”电话那头说，“我们已经分手了，还记得吗？我现在不想跟你说话，也不想见你，也不想听你的时空理论有多厉害，我也不关心你是对是错……”

“是错的……”

“什么？”小静没听清。

“我在机房，程序跑完了。”

“怎么样？”

“我证明了自己是错的。”段垣的声音失魂落魄。

小静出现在计算中心 A1 机房门口，手里提着一杯奶茶。

“我是来告别的，”小静冷冷地说，“你别想多了。”

“反正现在你可以尽情笑话我了。”段垣低着头，神情沮丧，“主任不会放过我，那个男孩也不会，还有想干掉我的逃犯。”

“有她的消息吗？”小静突然问。

自从段垣告诉她关于追捕逃犯的事，她还从来没问过。

“没什么消息。”段垣下意识地隐瞒了。他不确定小静对阿羽是怎样的态度，阿羽甚至有可能是她曾经的情敌。

“那我就走了啊，明天我就收拾行李去西岸，脑科学研究所已经把什么都安排好了。”

段垣点点头，他的脑子被沮丧的泡沫充满，一片空白，说不出话来，觉得一切都完蛋了。他睁大眼睛，盯着虚无的空气。到底为什么？到底错在哪里？他翻来覆去左思右想，怎么也得不到答案。

小静正要离开，看到他还在两眼发直，神不守舍，又停住了脚步，说道：“我还是想告诉你，系统内外唯一的桥梁是脑桥，你要研究外界，怎么也要从这里入手。”

“那个东西还只是理论，存不存在都不知道。”

“但你和我是存在的，意识是存在的，”小静盯着他，“意识不是理论。”

这一刻，段垣似乎感觉脑子里有什么东西被接通了。未来的自己，全知的自己，正在给他一个新的启示，但他还没能抓住。

意识与时空的关系？灵魂存放的处所？段垣在大脑中拼命搜索，各种材料在分解重组，线索飞快地排列结合……

抓住它。

段垣突然想起来一件事。

“你们有一个叫作……意识定域性实验？测量一条信息在两个玩家间的最快传递速度？”

“哦，是有这个实验。”

“具体是怎么回事？我有点不记得了。”

“我想想，”小静皱着眉头，“是这样，绝大多数情况下，超级计算机都能模拟出上限为光速的信息传递速度，但除了一种情况，那就是在真实世界中，玩家的肉身距离很远，这样的话，在虚拟环境里，即使他们离得再近，信息的交流也会有延迟。测量这个延迟，就可以了解玩家身体在真实世界里的分布情况。”

“对，我想起来了。”段垣眼睛一亮，“这是个巧妙的设计，但这个实验设计唯一的问题，就是需要在尽量短的距离上，测量信息从一个意识传递到另一个意识的速度上限，现在的技术恐怕是……”

“所以说你从来都不关心我，这都是去年的事了！”小静忍不住发起火来，“今年我们跟脑科学研究所合作，早就把这个实验做出来了。”

“什么！”段垣确实没想到，“那可是大新闻，发论文了吗？”

“没有。”

“没发，那我不可能知道嘛。”

刚说完这句话，段垣心里一惊，为什么没发论文？难道是……他发现自己的预感能力似乎又回来了，熟悉的感觉告诉他，自己离那个线索已经非常接近了。

“那实验结果是什么？”

“算是一个失败的结果吧。我们一共测了六百多个人，无论他们离得多近——我们能做到不超过十米——他们的信息交换速度始终是光速。这就意味着……”

“意味着六百多名被试的真实身体，必须挤在直径不超过十米的球形空间，这是不可能的。”段垣接着说，“除非，我们已经抛弃了肉身，只剩下虚拟意识……”

“我不喜欢这种阴谋论，也不认为有这样的技术存在。”

“对，我也觉得不会是这样的。”段垣飞快地思考，“那么还有个可能，外界的光速大于系统内的光速。外面的才是真正的光速，真正的速度上限。我们这个光速是假的。”

“这一点上我相信 NDP 的理论，系统不会模拟一个不自然的世界。光速是根本的宇宙常数之一，必须跟意识相匹配。”

“没错。”段垣很久没有体会到跟小静头脑风暴的感觉了，竟感到特别怀念。他突然明白了脑子里的光芒究竟是什么。

“那就只有一种可能了。”这一刻，他知道自己的直觉是对的，小静是他命中注定的救星。

“外面的空间比我们至少多一个维度。”段垣睁大了眼睛，一个崭新的宇宙在他的大脑里成形。

小静没有说话，只是微笑着看着他。

“这样就讲得通了，”段垣恍然大悟，“之前就有人提过计算机瓶颈问题，即使把内存和中央处理器做到工艺极限，超级计算机占据的空间也会特别大。由于光速的限制，巨大计算机的传输延迟是不能接受的。但如果人类与计算机的联合机体，在空间中的伸展维超过三个，信道带宽、存储量和运算力的问题就都解决了，一切都解释清楚了。”

“快把实验数据找出来！”段垣突然想起来，“没时间了，我们用高维空间重新建模，再跑一次！”

他把终端键盘拽出来，开始修改之前的程序。

小静打开背包，把电脑取出来，叹了口气，“这是我最后一次帮你了。”

段垣沉浸在激动中，手指疯狂地敲打着终端键盘。

“真的是最后一次，”小静抬起头来，“等这个算出来，我们就分手吧。”

段垣的手指僵住了。

深夜，整个计算中心笼罩在黑暗的浓雾中，远远看去，只有一个模糊的轮廓。按照系统架构学的理论，即使有人在观察，此时此地也只会耗费极少的系统渲染资源。

但底楼的一排窗户亮着，这无疑增加了大量的渲染计算，但可能没有人会在意，毕竟这对于超级计算机如神一般的算力来说，只是毫不起眼的沧海一粟。

即便是这庞大的计算中心，相比起来也必定如玩具般可笑，毫无意义。

段垣的程序正在集群中高速并行运转，各种物理常量、粒子属性、自然常数在电光火石之间被不断组合、比较、证明和证伪。

一个新的世界将在这里被发现，段垣想，也许这会让我们所做之事不再毫无意义。希望外面的架构师不要再嘲笑我们，只知道庸庸碌碌做任务赚经验值。

段垣靠在机柜旁，不时看两眼终端显示器，观察日志输出。小静趴在旁边堆杂物的桌上，好像已经睡着了。

已经运算了三十一个小时，还有两小时左右就会出结果了。

本来他们不需要在这里守着，但计算中心人多眼杂，集群也有别的用户。为了确保万无一失，只好熬两个通宵了。

门外一有动静，段垣就紧张不已，因为现在早过了廿九承诺的三天，他们随时可能把他赶出去，那就全完了。还有那个奇怪的约定。

九个地球，那是什么？

为什么我一定要看？还叫我不要又忘了？

“九个地球？”小静抬起头来，揉着眼睛。

段垣才意识到自己也许在自言自语。

“是朋友给我推荐的。你知道？”

“嗯。《九个地球》是篇幻想小说，讲的是人类为什么要进入系统。”

“是属于幻想史前史的小说？”

“对。还挺好看的，里面的故事跨越几十万年呢。”

“是吗，大概是个什么故事？”段垣问道。

小静打了个呵欠，咕咚咕咚喝了一大杯水。

这也不是一本特别流行的书，小静为什么会知道？出于一种难以解释的直觉，段垣感到小静跟这事有某种非同寻常的联系。难道小静也在什么秘密组织……但是我跟她在一起这么久，为什么完全没有线索？段垣摇摇头，觉得自己想得太多了。

“故事从最古老的原始地球开始，那时候地球突然环境恶化，金融系统崩溃，人类自相残杀。一个叫作玲的小女孩，幸运地从混乱中逃了出去，到了新的家园。在那里，人类不再有环境问题，技术也进步了许多，但为了财富和权力，仍然战乱不息。”

段垣若有所思地点点头。

“玲又逃走了，沿着时间前进，到了更加进步的人类聚居地，财富和权力都不是问题了，人类已经消除了贫穷，但因为争夺永生的技术，战争又开始了。”

段垣似乎开始明白这是个什么样的故事了。

“总之玲就沿着时间，不断地往未来跳跃。人类的技术越来越厉害，已经成了群星的主人，但一个个文明无法避免走向毁灭。有欲望的死于欲望，消灭了欲望，又会死于虚无，死于绝望，死于孤独。一些文明重新找回了信仰，才得以苟延残喘，但不同信仰的基石又不一样，为了避免信仰的崩塌带来文明的毁灭，整个银河都被卷入到可怕的宗教战争中，几十万年后，银河系一片死寂。”

“最后呢？”段垣似乎想到了什么。

“最后，玲找到了一些藏得很深的线索，在银河系最古老的智慧的指引下，回到了最初的地球，发现那里的新人类最终创造出了真正的天堂，而进入天堂的钥匙就在系统里……”

段垣愣住了，脑子里似乎有什么东西正要破土而出。

机房的门突然被打开。

“把集群关掉，”白发的廿九走进来，身后跟着两个看不出专业的管理员。“借给你的计算时间已经结束了。”

“再给我两个小时，”段垣说，“马上就要跑出结果了！”

“那你先告诉我，她为什么让你去看那本书？”

段垣懂了，没有这么巧的事，他们是故意在这个关键的时候进来的。

“哪本书？你们监控我的手机？”段垣做出生气的样子。

“所有的信息都属于系统，没有什么是不被监控的。”廿九冷冷地说，“她叫你去看那本书，是什么意思？是某种暗号吗？或者你自己觉得有什么特别之处？我们这边查不出头绪来，恐怕得靠你自己好好想想了。”

段垣偷偷地看了小静一眼。

小静报以一种复杂的眼神，段垣看得很清楚，每次小静想把问题抛给他的时候，就会给他一个这样的眼神。

这次的问题是，要不要出卖阿羽。

“我们已经快没时间了，”廿九盯着段垣，“这次还不知道会有多少人受害，你要是想保护他们，也保护你自己，就把脑子里想到的事情都告诉我。”

“不要想自己去对付她，她跟你们普通玩家不在一个层级，她能做的事情是你们无法想象的。”廿九说，“能跟她抗衡的，能保护你们的，只有执密者。”

段垣听得胆战，但出于某种本能，他又不想让阿羽被抓住。

段垣也知道，这次计算，不但是他的最后一次机会，可能也是‘系统科学界’的最后一次机会，破解系统原理要么发生在今天，要么永远都不可能发生了。

他闭上眼睛。为了求一个真相，我赌上了自己的经验值，赌上了前途，甚至放弃了爱情，难道现在连阿羽也要牺牲掉吗？值得吗？

不管值不值得，这次也许只能交给历史来决断了。

他睁开眼，意味深长地看着小静，“我什么都不知道，但我猜，你可能知道点什么。”

小静笑了下，对廿九说：“如果我告诉你我知道的，你让我们继续跑程序，听起来是不是很公平？”

廿九盯着她看了一阵，点头示意她继续。

“《九个地球》不只是本书，还被改编成了音乐剧。”小静说。

“对了！”段垣突然想起来，“还记得她之前叫我去看她的‘演出’吗？我想，那可能不是一个比喻。”

廿九旁边的助手脸色煞白，盯着手机刚刚查询出的演出信息，“是真的，今晚八点白莲岛剧场……”

“混蛋！”廿九瞬间明白了，暴跳如雷，像个情绪失控的小孩，似乎不能原谅自己犯下如此明显的错误。

他激动地掏出对讲机，“通知所有单位出发，目标白莲岛。封锁上岛路线，全体后援机动待命！是真的演出，怎么会没想到，全是废物！”

他指着段垣：“你，跟我们走。”

“喂，你刚才答应了……”

“你，”他一指小静，“留在这跑你们的破程序。”

段垣赶紧把查看程序结果的方式告诉了小静，幸运的是，小静对这些前沿物理的玩意竟然驾轻就熟。段垣觉得以前真是错看了她。刚刚讲完，两个全副武装的执律者冲进来，把段垣带出了机房。

一到外面，段垣的耳朵几乎被震聋。门外十几辆警车轰然发动，空中两架直升机正加速爬升，刺眼的惨白灯光刷过计算中心前面的草坪，警笛声狂乱响起，段垣被塞进廿九的副驾，车门还没关，廿九陡然发动，一个甩尾汇入车流飞驰而去。

段垣坐在廿九的旁边，心跳加速。他突然觉得，如果杀死了阿羽，他一生都不会安心。他偷偷拿出手机，犹豫再三，想到所有人都出发了，应该没人会监控他的手机，决定豁出去了，用颤抖的手给阿羽发了一条消息：

快逃。

两边景物以疯狂的速度后退，段垣从没见过那么多执律者，没见过那么多警车。

保证是你没见过的。他想起阿羽的承诺。

手机振动，收到了回信。

旁边的廿九看都没看，一把夺过他的手机。段垣吓得一个字都没敢说。

廿九低头扫了一眼，脸上表情复杂，又目不斜视地把手机扔还给他。

回信只有三个字：

认真看。

10 江璃

江璃不敢等到天亮，趁夜黑一路潜行，顺利找到了渡口，只需要再等半个小时，今晚最后一班船就到了。等到了梭罗，大海捞针，没有人能找到她。

小成渡是个拥挤繁忙的市井小镇，大成渡反而是个孤零零的荒野码头。

一盏小灯立在大成渡的码头引桥旁，铁锈色的铺板仿佛通往世界尽头，外面的江面漆黑一片。

江璃曾经读过一个幻想故事，讲一位宇宙学家，洞彻了系统架构，发现了这个天衣无缝的世界中唯一的瑕疵：虚拟时空不可能完美封闭，要构筑一个正曲率世界，最后必然会留下一道缝合的疤痕。他定位了那个可以一窥世外桃源的窗口，毅然潜入冰海，穿越沙漠，身体和心灵都受到可怕的摧残，最后终于成功到达了世界的尽头。可那时，他的眼睛已经瞎了，没法看到眼前到底是什么样子。狂喜和绝望最后摧毁了这个痛苦的灵魂，他死在世界边缘，但他不知道的是，脚下再往前什么也没有，除了绝对的黑暗。

一阵寒意袭来，江璃突然有种不好的感觉。她转过身，月亮正从云里钻出来，一老一少两个黑衣人正守在身后，封死了退路。

这是怎么回事？按照自己的潜行速度，不可能被他们俩跟踪这么远的距离。她突然被接下来的念头击中，没错，他们一定是埋伏在这里的，而知道自己会来大成渡的人只有一个。

江璃没有时间思考，用最快的速度从背包中取出夜鹰之风，一边往后退，一边拉紧弩弦。现在，这是她唯一的依靠了。夜鹰之风的弩翼劲力非凡，她的手抖得厉害，拉了好几下才拉满。

“别费那劲了，”一个苍老的声音说道，“你不能杀人，我们每个人都一样。”

江璃咬紧牙关，从背上抽出一根三羽箭，轻轻按入弩臂。

“那大众学派为什么追着我们不放，不是说阿翔姐杀了你们的人吗？根本就是胡说八道。”

“因为她跟我们都不一样，她是异道。”老者说，“他们的目的就是破坏比赛的秩序和公正，他们不在乎输赢，只想毁灭这个我们一直在保护的世界。”

江璃在这极安静的地方听他的声音，觉得深沉有力，又和蔼悦耳，心想这个老头肯定不是一般人，在大众学派里想必也身份极高。

“你说你们在保护系统，那就是好人了。阿翔姐怎么可能跟你们作对？我根本不信你说的，我看你们什么大众学派就是个邪教！”江璃激动地说，“我不管她做了什么，她做的事情一定是在保护我们！”

她一边借说话让对方分心，一边悄悄观察逃走的路线，但再怎么盘算，想来也冲不破他们的包围。

老者笑了一声，“你太年轻，我不怪你。很多系统的秘密，经验值的秘密，你还不知道。我们做的事，表面上对自己无益，但却是大任务，有大经验值。你们表面上天天交任务拿经验值，但都是出于私心，只能算小任务了，就算经验值再多，跟有大成就的玩家相比，不过是沧海一粟。这不是理论猜想，而是早已被千百万成就者实证的。其中的道理，妙不可言。”

江璃还是第一次听说这个。她神志清明，马上想清楚了两件事：第一，他们还真是邪教。第二，阿翔姐要是遇到他们，想必会给他们点教训。

也许还有第三件事，那就是自己的状况越来越危险了。江边寒气逼人，船还有十分钟就要到了。如果他们要杀自己，一定会在那之前下手。江璃想到这里，感到一阵强烈的恐惧，握紧了手中的弩弓。

“再说一遍，我不知道她在哪儿。”

“你确实不知道，那个学徒说你要去梭罗的时候我就明白了。她不可能在梭罗。”

“你胡说，他是执密者学徒，跟你们不是一伙的。”

“一伙？”他哈哈大笑，“我们当然不会跟他们一伙，他们根本不配。”

他又说，“但我们却和最高级别的执密者有某种……怎么说，合作关系。我们按照他们的谕示去做一些不需要他们出面的事情。作为回报，有时候他们会回答我们的问题。”

旁边的光头黑衣人递给他一根前端尖细的银色长矛。

江璃一眼便认出，这是阿南一直带着的那根裹布长杆的真身。

“愉快的聊天到此为止。”老者手上一送，把长矛刺入泥地。“你自己可能还不知道，跟异道走得太近，就会增长邪性，之后迟早会蜕变成异道。与其危害系统中的亿万无辜玩家，你还是主动退出吧。”

长矛插入地面的地方突然溢出深蓝色的光，慢慢扩大，仿佛大地被刺伤，流出散发着荧光的蓝色血液。

蓝血流淌、凝固，最后形成一个直径两米的圆形光斑，好像舞台的追光灯。光斑又暗淡下来，留下一个深不见底的圆洞，往外弥漫着蓝色的柔和光线。长矛尖端幽光游动，好似悬浮在空中。

江璃终于明白，阿南骗了她，她从一开始就是阿南的猎物，是阿南成为执密者的道路上，一个需要完成的任务，一个需要解决的谜题。

一时间，她感到十分沮丧，呆呆地盯着退出通道，没有注意到光晕的背后，现在只有一个人了。

一只手臂突然卡住了江璃的脖子，她挣扎不脱，右手又被一脚踢到，弩弓飞进遥远的草丛，手臂疼痛难忍。

“你们疯了吗！强迫自杀……也是谋杀！”江璃艰难地喊道。

“你又不会死，谋杀个屁。”身后的光头得意地大笑起来。

江璃这时才恍然大悟，明白了他们的目的。如果退出，就相当于自己终止了游戏，没有发生死亡，也就没有谋杀，跟是否强迫没有关系。

这是个致命的系统漏洞。

江璃拼命挣扎，踢了他几下，又踩在他的脚上。光头脚上吃痛，骂了一句，右手一伸，把江璃环腰抱起，她没有借力的地方，毫无还手之力，脖子被紧紧卡住，快要窒息了。

他会把我扔进去！江璃明白了光头的想法。

蓝色的大洞越来越近，中心悬浮的那根长矛，周身闪动着诡谲的波光。也许他把我扔进去的时候，我能抓住它，然后拔出它，这是我唯一的机会！但他肯定也料到了，怎么办？

呼吸越来越困难，感觉马上就要昏迷了，蓝光好像就在眼前。绝对不能失去意识……撑住……

缺氧。江璃眼前一片漆黑。原来在世界的边缘失明，是这么的痛苦。

难怪那个宇宙学家会结束自己的生命。

她听到噗的一声，然后是失重的感觉。

她知道自己的游戏玩到了尽头，即将跌落到另一个世界。

接下来是猛烈的撞击，坚硬的地面好像飞驰而来的货车，把她全身都撞散架了。

江璃睁开眼，视力恢复了一点，发现自己倒在通道边缘的草地上，光头黑衣人跪在旁边，面对着自己，眼珠圆瞪，脖子上插着一根自己最擅用的三羽箭。他用手捂着脖子，竟又站了起来，转身看了一眼箭射来的方向。

阿南手持夜鹰之风，眼神坚决。

光头的嘴里流出血来，头一歪，软软倒下，玩家的灵魂已离他而去。他的身体在空中突然慢了下来，似乎变得比空气还轻，瞬间又化成百万颗闪烁的光点，消散在月光中。

这是江璃第一次目睹夜鹰之风发动即死效果。

黑衣老者亲眼看到了同僚的死去，心中大骇。

“你们那套神神道道的东西，我实在受不了了，”阿南弯腰捡起江璃掉落的背包，从侧边箭囊里拿出一支箭。“那就为你的学派，为你的信仰，光荣献身吧。”

“用伟大的牺牲，换伟大的奖励。”阿南举起夜鹰之风，“去死吧，祝你胜利。”

老者这次没有一句多余的话，立即转身飞跑，朝树林里狂奔而去。

阿南瞄准了他的后心。

这时，江璃听见风吹进洞口的声音，蓝色的大洞有种吸力。她全身剧痛，没有一点儿力气，缓缓向它滑了下去。

阿南发现了，正想穿过碎石滩跑向江璃，但显然已经来不及了。

明亮的月光洒向大地，黑暗暂时退却了。阿南蹲下来，屏住呼吸，冷静地瞄准，扣动扳机。短箭带着强劲的力道，呼啸着离弦而出。

砰的一声，飘浮的长矛被凌空击飞。刹那间，蓝光褪去，矛身恢复了通体银光，通道也在一瞬间消失了。

江上出现一星灯火，越摇越近，是正在朝岸边驶来的渡船。

“对不起。”阿南笨拙地蹲在旁边，不知道应不应该扶起女孩。

“没什么对不起的。害你没杀掉我，是我对不起你才是。”江璃挣扎着坐起来，一脸鄙夷。

阿南看着她，虽然脸上冷漠，但至少身体没受重伤，看上去没什么大碍，便放下了心。

“你上次说，除了任务，还有什么更重要的东西。我开始觉得蛮好笑的，但后来想了一下，说不定还真的有。”

“原来你也信了大众学派啊。对哦，你看不上这些小任务，你要追求大任务，大经验值。”江璃嘲讽地把手举到了天上。

“还小经验值大经验值，我现在人都杀了，是零经验值了。这个游戏玩不玩都无所谓了。”

江璃听到，脸上也是一阵难过。

“没关系的，”阿南赶紧说，“自从放弃了一定要做执密者的想法，突然间，我对游戏本身也没什么执念了，输赢什么的，对我来说已经不重要了。”

江璃点点头，明白了为什么他能下得了手。

看着他关切地望着自己的眼神，江璃大致也猜到了他所谓的重要的东西是什么。她的脸微微一红，忙转过头去。

阿南拿出自己的任务本，翻到个人页，经验值竟然还没有立即归零，看来系统会进行某种调查取证，确认后才会扣到零。

“这些人还怪可怜的，”阿南叹道，“简单的事情摆在眼前看不见，却宁愿相信那些荒唐的东西。”

他低下头，神色黯然，“我自己不也一样？我做了太多错事，又不愿承担后果，只会逃避。我有今天，也算是某种惩罚吧。虽然不停在追，却离真相越来越远。可能这些年，我一直在背道而驰。”

“但你是被系统选中的人。”

“又怎么样呢。”

江璃抬起头，“那你不去做执密者了？”

“我做不了，没有那个天分。而且我都十六岁了，已经没机会了。”

江璃叹了口气，把手伸给阿南，拉着他的手，自己慢慢站了起来。

“有一次我问阿翔姐，执密者到底知道什么？她说，那都是些骗子，他们什么都不知道。”江璃疲惫地笑了下，“所以你看，要是真去了，你一定后悔。”

“别安慰我，我现在可轻松了。没什么大不了，早就该放弃的。我陪你一起去梭罗吧。毕竟系统的危机就要开始了，我要找到她，她是个关键人物。”

“谁要你一起啊！”江璃笑道，“我要自己去找她。她走之前跟我开玩笑说，要去梭罗做个心理学家，搞研究，把我妈非要我做的学术任务，都帮我做了！还找我要了账号，说要把经验值都算在我头上，你说，那我是不是赚大了。”

船快靠岸了，男孩和女孩肩并肩，往码头上走去。虽然刚刚死里逃生，惊魂未定，但现在江璃却有一种前所未有的、奇妙的安全感。

“喂，等一下，”阿南突然拍拍江璃的肩膀，“我想起个事情。”

“别急，我们先买票吧。”江璃继续往前走。

但她转过身的时候，发现阿南还站在原地，直直地看着她，好像被人从后面敲了一闷棍，整个人都定在那里。

尤其是眼神，让她觉得有点害怕。

“你刚才说，执密者什么都不知道？”阿南问。

耳边突然传来客船的汽笛声，低沉而悠远。声浪扫过之处，仿佛空气突然变得清澈起来。

少年的潜意识中，一幅他自己从没注意到的巨大拼图，终于补上了最后一块。

11 晴子

阿成急匆匆跑到接口控制局对面的便利店，在门口见到志远时，他大吃一惊，因为志远穿得跟结婚一样，西装革履，干干净净的细框眼镜，头发整理得一丝不苟。阿成则是穿着短裤 T 恤，夹着一双人字拖。

“你真的要退？”阿成眉毛一皱，“我还以为你就看看热闹。”

志远指了指自己的一身行头，算是回答。这是他从头到脚最贵的一套，只有遇到大事才舍得穿，买的时候确实也是想结婚的时候可以穿一穿。

“其实我觉得你真可以再玩几年。”阿成眯着眼睛说，“你看你这么年轻，还有好多线可以接，不想玩了还可以转职，想养老还可以去考管理员，说不定一个不小心，最后成人生赢家了。”

志远干笑了两声。阿成知道他是什么样的人，赢家恐怕是离他最远的一个词。

“我跟你不能比，你经验值都顶天了，漂亮女儿也能跑会跳了。

我要是玩得像你这么高端，我哪舍得退？”

“那是，我可舍不得我的老婆女儿。”

“你哪个老婆？”

阿成对他伸出中指。

志远往四周偷偷瞄了一圈。

“在找晴子吗？”阿成也看了两眼。

“我才不关心呢，我在看有没有密探跟着。你知道卫生防疫局那个说话怪怪的男的，肯定会派人来监视我，以为找到我就能找到她，呵呵，还以为她真的在乎我的死活。”

阿成长出了一口气，“随便你。走吧，快开始了。”

接口控制局大楼气派非凡，大楼的天井底部，矗立着一座浮夸的巨门，它是三浦市的第一个退出通道——C001号通道。

这是一场特殊的告别。整个三浦市附近所有想退出的玩家，今天全都聚集在这里，气氛却并不悲伤，有种围坐在圣诞树下等待狂欢的感觉。

大厅中已经站满了人，更多的玩家只好等候在广场上。志远发现，很多人早就做好了准备，带上了大包小包的行李，有人甚至装扮成电影里的角色。有些电影是关于外部世界的幻想故事，很多人相信，自己在外面一定就是其中的某个角色，否则不会感觉到如此强烈的共鸣。

旁边有对高个子情侣，两人都背着大号登山包，塞满了帐篷睡袋等野外装备。考虑到未知世界的危险，准备得周全一点比较好。

他们十指紧扣，似乎正准备登机，开始又一次的浪漫旅行。女生的背包上钉着一枚保退运动徽章，是一个面目狰狞的吸血鬼，下面写着：

还我鲜活的肉体

“你知道吗，出去以后，这里的事情全都不记得了。”阿成悄悄地说，怕那对情侣听到。

“挺好，我求之不得。”

“你在这里面在意过的人，你经历过的破事，所有这些乱七八糟的，什么都没有了。”阿成煞有介事地说道，“像一场梦，醒来就忘掉的那种。”

“你今天怎么了？你别劝我了，”志远说，“我真想明白了，这里面就没什么值得惦记的。只有没完没了的比赛，你说什么时候是个头啊。本来以为遇见她，终于能玩下去了，享受享受游戏。我是怎么对她的你也清楚，我在世上从来没有对谁这么好过。谁知道是我一厢情愿，她可是从来就不在乎我的死活。”

“她如果在这里，一定会说，那你就在乎老娘的死活？本来以为你是个勤奋上进的好青年，结果活活被你气死……”

“她不会叫自己老娘。”志远一边说，一边东张西望。

阿成静静地看着他。

“志远，你完了，你真动感情了。”

阿成说这话的时候，眼中竟流露出羡慕。

人群突然骚动起来，一个穿着普通系统职员制服的年轻人，正走向大厅中央的拱门。

人们爆发出一阵欢呼声，夹杂着口哨，最后变成有节奏的口号：“退出——自由！退出——自由！”

好像一场摇滚演出。

系统职员走到 C001 号通道旁边，站在那里打电话。人群发出海啸般的嘘声。拱门大约有五米高，三米宽，巨大的门柱之间除了空气什么也没有。

那个职员终于接完电话，走到拱门旁边，插进钥匙，拧开一个面板，又再锁上，然后飞快地走开了。

什么都没有发生。

愤怒的人群感觉被骗了，开始暴躁起来。

志远和阿成连忙后退，被挤得东倒西歪，勉强能看见有人拦下那位职员，他对着拱门挥舞手臂，努力说了点什么。

这时，一种低沉的鸣响笼罩整个大厅，庄严空灵，好像十万个海螺号角同时吹响，回荡在天边。

刹那间，所有人都安静了。

拱门里一道刺眼的白光闪过，人群里一阵惊呼。等志远再次睁开眼睛，那里已经成了一扇深蓝色的光之门。轻微颤动的光线构成了已知与未知的分界面，缓慢地流动着，像垂直的湖面。

所有人都仰望着这扇终结之门，没有人说话，没有人上前。

巨门绝望压抑的气氛扼住了每个人的咽喉，行李悄悄滑落在地。牵手的情侣也僵在原地，颤抖的手指扣在一起。

直到面对无底深渊的这一瞬间，每个人才意识到退出究竟意味着什么。站在这里的勇敢者，可能是对比赛失去兴趣，或者觉得获胜无望的，也可能是无法忍受无知，对真实世界朝思暮想的。但就在这一秒，他们可能又想起了一些别的东西，这个世界的羁绊。

所有人都静静地站在那里，眼中跳动着蓝色的重生之光，耳边回响着来自另一个世界的辉煌号角。

只有志远没在仰望巨门。他伸长脖子搜寻，目光从每个人的脸上扫过，没有发现晴子的踪迹。

“她不会来了，”志远叹了口气，“你看，如果换成我，猜到她可能要退出，或者要做什么冲动的事情，我一定会去那儿找她。你看看她是怎么对我的。”

“那如果晴子现在出现，劝你不要退，你会听吗？”

“当然不会。”

“如果晴子不但出现，还跟你说她是爱你的，你误会她了，你还会退出吗？”

“误会？别开玩笑了，我是绝对要退出的。”

“如果她以死相逼呢？如果她宁愿死在你面前，来阻止你退出呢？”

“怎么可能……她不会这么做的，”志远咬着牙说，“她怎么对我，你知道的，她都不在乎我会不会被她给害死。”

“好吧。”阿成紧紧地闭上嘴。

“那你觉得我老婆对我怎么样？”阿成突然又说。

“至少没骗你啊，也没管你啊，我看你挺自由的。”

“你觉得我自由？那你知道为什么吗？”

他继续说，“刚有小孩的时候，我就说反正经验值挣得差不多了，咱们先歇几年，陪女儿长大再说。但她不愿意，那谁养家糊口啊，就把我赶去继续干活。过了一阵子，她又郁郁寡欢了，天天抱怨抚养线没多少经验值，说我太自私，在外面挣得多又不管孩子，不管家，哪里是我不想管？只是忙得天昏地暗。你以为你忙，我那时候可比你忙多了。现在想起来也蛮后悔的。

“后来她闹得不行啊，说她对家庭贡献多，凭什么家庭线的经验值是我俩平分？让我把家庭线经验值都给她一个人。我也答应了。然后又要我签协议，把工作的经验值也跟她平分，我想了想也同意了。因为我心里知道，我不能没她。可是我们去了任务司，人家说不许私自转移经验值，所以也就根本不能签这样的协议。”

志远跟阿成认识这么久，从来不知道还有这事，听得愣了。

“她就说我骗她。其实我不知道有这种规定，哪里是我想骗她。我就说这样吧，确实是我对不起你，等孩子到了上学的年纪，能攒经验值了，我们就离婚。这样，后代的经验值加成，都是你一个人的。”

“你……你傻吗？你说真的吗？”志远目瞪口呆。

“当然了，没想到她还真答应了，而且叫我现在就离她们远一点，免得到时候对孩子的心灵造成打击。这时候我才知道我傻了，我傻太久了。现在倒是想明白了，不如就花天酒地，好好塑造我这个坏爸爸的形象，免得到时候女儿接受不了。”

“原来是这样……那你等什么，干吗不直接离了？”

阿成的眼睛盯着鞋，沉默了一会儿。

“我还是想多陪陪我的女儿。”

志远突然觉得阿成今天来这里，不是来看热闹的。

“所以有时候我想，”阿成伸出一根手指，“那还不如让她早点摆脱我，毕竟夫妻一场，这么多年了，就当是我对她的报答吧。”

“什么？你想干吗？”

“我还能干吗？其实吧，今天早上我见到晴子了。”

“什么？！”

“她来找我借了点钱，问我一些路线什么的，可能要去很远的地方，再也不会回来了。我们随便聊了聊，她就走了。”

“你怎么不告诉我？”

“你自己说不关心的啊。”

“那……她还说了什么？跟我的事呢？她怎么说的？”志远怔怔地看着他。

阿成神秘地笑了一下，转身就朝大门走去。刚走一步，他又转过头来。

“喂，拜托你偶尔去看望一下我的女儿，跟她讲讲她爹的英雄事迹。”

“你哪来的什么英雄事迹？”

“靠你编了呗。说真的，我希望出去以后，还能记得一点儿这里的事。他们说，出去就会失忆，但是在这里费了这么大劲，我可不想全忘掉。跟我老婆还是有很多美好回忆的，跟我女儿的也不少，这是我在这个游戏里最大的收获。经验值什么玩意的，也就是图个乐。对了还有你这个废材，”阿成眯着眼睛，“你玩这个确实不太行，老实说你这已经练废了，删号重练吧。实在要继续玩也行，你还有几十年的时间来赶上我，加油吧，外面见。”

他朝那扇门走去。

所有人都在看着他，一步步走向那扇流光的大门。

走了几步，他又转过身，说：“哦，还有件事。”

“你能不能一次说完！”志远的声音有点哽咽。

“她什么也没说，”阿成耸耸肩，“关于你，她什么也没说。”

志远瞪大了眼睛。

阿成义无反顾地走进了巨门，融入了那片蓝色。

人群死一般的寂静。

过了一会儿，第二个人走了进去，然后是第三个人……气氛竟然又热闹起来。人们握手，拥抱，亲吻，哭泣，赞美保退行动，聊聊过去，谈谈未来，互道珍重，携手前行。

志远一直站在原地，久久没有动弹。现在他知道，晴子是不会来了。

他这才明白，自己退出的真正理由，只是想报复晴子。永远离开她的世界，是他最后的反抗，最终的武器。

但晴子根本就不在乎。这让他的报复成为一个玩笑。

阿成一直都知道。

志远疲惫地走出接口控制局，正是夕阳西下的时候，天空中红霞如织，蔚为壮观，志远摇了摇头，真实的晚霞不可能美好到这样的程度。

他望着天空，长叹了口气。系统的设计者，必定拥有神一般的创造力，凡人实在无法想象。既然这比赛的目的藏得太深，既然来这里是自己的选择，那不妨继续玩下去吧。来都来了。

身后再次传来幽远低沉的鸣响，犹如海螺号角，这是通道关闭的声音，世界的大门再次紧闭，把它的秘密锁在未知的遥远位面。

秘密。

突然间，志远好像明白了什么。

12　小静

白莲岛是梭罗海边的一座小岛，由一座四百米长的大桥与梭罗城相连，岛上除了一座剧场，还有一间酒店，两个海滨浴场，其他地方都被树林覆盖。

车队呼啸着通过白莲岛大桥的三层封锁线，路障立即再次关闭。段垣见桥上空旷无人，估计已经全岛疏散了。

段垣看到这种阵势，明白他们根本就没想要低调行事。廿九一定十分了解他们的对手，只能一次性出足全力，否则就没有一点胜算。

她绝对不是一个人。

他们将要面对的是什么？段垣不敢想象。

他看到桥下漆黑的海里，一队闪着警灯的船只也在靠近。执律者会封锁所有码头和海滩。

他们既然还在增援，说明现在还没有抓到她。想到这里，段垣又觉得有一点儿欣慰。

小静那边还没有消息，但应该用不了半小时了。

段垣心中忐忑不已，祈祷计算集群跑得更快一点。

他们即将了解真实世界的时空结构，理解超级计算机的原理。这对于系统中的玩家来说，意味着知识的划时代超越，也必将导致玩法的革命性进步。

也许他们会成为系统科学史上的圣人。

更有可能的是，系统会立即将他们驱逐。古往今来，圣人的下场莫不如此。

车终于到了，停在剧场前面几百米外的高地。白莲岛剧场的设计很现代，立面和穹顶都是钢化玻璃。所有玻璃墙现在都被调整为最大透明度，灯光全开，明亮通透，剧场内外一览无遗。

廿九打开车门，在凹凸不平的乱石地上跑了几步，找了个视野畅通的角度，开始指挥。

志远跟了过去，路边的残墙上贴着《九个地球》的海报。九场连演，每晚八点整。今晚是最后一场。志远看了看手机，七点五十分。他听到廿九的对讲机里传来嘈杂的声音：

“剧场清场完毕，已经关闭所有出入口。”

“码头正在清场。”

“C 组已经到达狙击位……”

“各单位注意，还有九分钟。A 组、A 组，剧场再清一次。”廿九下令道，“清完后所有人撤到掩体，保持爆破安全距离。出入口不要关，给我开着。我倒想看看，她给我怎么飞出去。”

段垣听得汗毛直竖，心脏猛跳，他知道阿羽逃不过今晚了。

“喂，对方到底有多少人？你们这是要干什么？干脆把整个白莲岛炸平算了！”

“我也想这么干，”廿九看都没看他一眼，“来不及了。”

一架直升机从头顶猛地掠过，开始绕着剧场缓慢盘旋，刺眼的探照灯穿透弥漫着薄雾的空气。另一架在远处环岛搜索。

“你们搞这么大的排场，她还会来？”螺旋桨声震耳欲聋，段垣扯着喉咙喊，“怎么可能？她疯了吗？”

“我说过，”廿九盯着剧场，淡定地说，“她约的局，一定会来。”

段垣呆住了。

“我可是他们的目标，或者目标之一，总之我是受害者！受害者在这里不是很危险吗？你们还是放我先走吧！”

“这里就是最安全的地方。”廿九冷冷地说，“现在对你来说，没有地方比在我身边更安全。”

“你？你怎么保护我？你连自己都保护不了吧！”

段垣打量了他一番，廿九看上去无论容貌还是身体都是十几岁的样子，但他居然把所有人手都派去包围剧场，自己身边没有安排任何警力，瘦弱的身影孤零零地站在高处指挥作战，实在令人匪夷所思。

这只能说明，他不是普通人。他的对手也不是。

也许普通玩家在他们的眼里，就如同蝼蚁一般。

也许他们并不真正在意我们的死活，他们对正常的游戏根本就没有兴趣，只关心那些我们无法理解的战斗：超级管理员与终极黑客之间你死我活的战斗。段垣想到这里，大脑一片空白。

“我要回去，我有权利回去。我不要待在这么危险的地方！”段垣坚持说。

“我知道你想干什么，”廿九嗤之以鼻，“你以为可以把她引走？想帮她？还是想去机房带走你的结果？你以为我不明白你们写了什么程序，在算什么吗？”

段垣愣住了，他什么都知道。

廿九不耐烦地转过头，带着同情的眼神，“你有权利？你知道你在跟谁说话？算了，这些不重要。你都不知道你现在是什么处境。”

“处境？什么处境？”

“你活不了多久了。”

“你说什么？”段垣以为自己听错了。

“我说过了，她从不失手。一次也没有过。”

“你刚才不是说……难道连你都？”

“但是她太厉害了，手段高超，绝不重复。我们从来没能阻止过她。没错，我是在告诉你我会尽力，但我也没法跟你保证什么。”

段垣脸色惨白，这是他第一次见到，傲气凌人的廿九，竟也有动摇的瞬间。

这时，段垣的电话响了。小静打来的。

旁边传来廿九的声音，“各单位准备，进入战斗状态，倒计时一分钟！”

这时候没有人会管段垣了，他往旁边躲了两步，接通电话。

“怎么样？算出来了吗？”

“算出来了。”

“啊！所有参数都有了吗？原子核稳定吗？空间是四维还是五维？时间有第二维吗？有蜷缩维吗……”

“不，结论是不成立，算出来我们的模型不成立。”

段垣好像被晴天霹雳击中，他万万没想到是这样的结果。

“不可能……如果是这样，实验结果没法解释啊，这怎么可能……”段垣惶然无措，木在原地，喃喃自语。

“段垣，这是我最后一次帮你。你以后不会再见到我了，希望你不要又忘了我。”小静的语气平静，但听得出她也很难过。“保重。”

电话断了，只剩急促的忙音。

一切都结束了。我的理论错了，我的工作完蛋了。我的游戏已经失败，真理也永远离我而去。

更糟的是，连小静也走了。

段垣好像被一脚踢回起点，时光倒流，世界坍塌。

他坐倒在地，仿佛被吸进沮丧的黑洞，不断下坠，周围的一切都迟滞变慢，在时空中阴郁地徘徊，拖出模糊的尾迹。

时间到了。

关于最后的人类如何创造天堂的宏伟史诗，即将上演。

剧场的钟声陡然响起。雄浑澄净，余音不绝。

一声。

小静低头看表，嘴角露出微笑。

空旷的剧场，演出开始了。

13 江璃

江上的汽笛声低沉有力，仿佛能穿透一切虚幻。

阿南像被电击一般，张着嘴失魂落魄地木在原地。

江璃吃惊地看着他，“你刚才说什么事？你想起来什么了？”

阿南闭上眼，仿佛在等待魂魄重新回到身体。

游戏的目的，系统的真相。

执密者什么都不知道。

这句话在江璃看来，只是一句玩笑。但对阿南而言，却犹如迷宫里的火炬。经过十几年的苦修，他早已在潜意识中构筑起真理的殿堂，意识却浑然不觉，而这殿堂的中心还缺最后一块关键的砖石。

离开执念的岔路，才能抵达空无一物的中心。而那句话，就是最后的砖石。现在，殿堂已成，光芒万丈。

“你怎么了？”江璃紧张地盯着他。

阿南重新睁开眼的时候，江璃知道，他不再是刚才的那个人了。尽管容貌仍带有少年的稚气，但他的眼睛深邃，神情悲悯，仿佛已然洞见一切。

阿南领悟了。

他的毕生所学，所有枯燥的修行和痛苦的训练，都为了这一刻。已知的世界被置换重构，那些没有意义的碎片，在这一刻联结、聚合，构建出无尽的意义。

他成了执密者。

学徒并不是成为执密者之后，才了知秘密，而是相反。

江璃想问他究竟发生了什么，却欲言又止。她知道，他们现在已经人天相隔，任何问题，任何答案，对他们的意义截然不同。

面对一个执密者，普通人最安全的做法，就是尽可能远远地离开。

“以前，老师每年会从学徒中挑选最有悟性的小孩，参加一项叫作观顶的试炼，”阿南看着江璃的眼睛，“如果通过了，就会了知一切。我从来没有通过过，因为我看不到。现在，我看到了。”

“那是……什么样的试炼？你看到了什么？”江璃忍不住问道。

阿南笑了笑。“我看到，你会成为最厉害的猎手。”

他又说，“你还不知道我的名字呢。现在我叫廿七，第二十七个执密者。”

江璃咬着嘴唇，难过地看着他，知道他们不会再见面了。

“再见，廿七。”她转身，朝已经靠岸的渡船走去。

“你去了梭罗，别忘了告诉你妈妈，”廿七说，“她没有放弃，一直在等你的好消息。”

“知道啦！”她没有回头，不耐烦地挥了挥手。

廿七注视着渡船在江上远去。

他发现心里充满悲伤，一定是喜欢上这个女孩了。

希望她如愿去往彼岸，尽管这里就是彼岸。

他终于明白了异道到底是什么，也明白了只有执密者才能对抗异道，拯救系统。如果说他们有什么类似之处，那就是，他们都是痛苦的种子，他们都无家可归。

对异道的战争已经开始，他必须回到出发的地方。而那扇门再也不会对他关闭了。

那扇门已经不存在了，从来就没有存在过。

14 晴子

响彻晴空的海螺号角声中，巨门彻底关闭了。

这是志远生命中又一个极具意义的瞬间。他突然明白了一件事，一时如梦初醒。

晴子从梭罗古城挖出来的致命传染源，不是一种病，而是一个秘密。这个秘密如此可怕，以致知道这个秘密的人，宁愿选择死，也不愿受其折磨。

梭罗大瘟疫的真相，无论是玩家集体崩溃，还是系统屠城灭口，都残酷得令人难以想象。

晴子的生存欲望一定极其强烈，这支撑着她顽强地活着。实在扛不住的时候，她遇到了我。也许她认为我刚好出现，阻止她自杀，是一种上天的兆示，这给了她信心，愿意再尝试一下，给自己最后一次机会。

她为了我，把秘密封存在心里，守口如瓶。

但不知为什么，这个秘密让她无比焦虑，根本没法正常游戏，她以为我对游戏充满激情，可以从我的身上汲取力量。可当她发现自己错了的时候，却变得更加沮丧，几乎崩溃。

如果她控制不住自己，我就死定了。像那个自杀的巡逻员一样。

那个卫生防疫……好吧，他根本就不是什么卫生防疫局管理员。我早该知道。

即使秘密没有杀死我，系统密探也会。

晴子一定意识到，这样下去迟早会拉着我一起结束游戏，她暴露行踪之后，跟我的任何联系都会让我置身险境。所以她选择了不辞而别，独自离开。

她选择了再一次把自己彻底交给命运。

而我，终于获得了绝对的安全。

志远全身颤抖地坐到地上，眼泪止不住地掉下来。

15　小静

两声。

钟声肃穆苍凉。

黑洞洞的枪口包围着白莲岛剧场。

直升机倾泻的光柱穿透屋顶，把舞台照亮得如同白昼。

段垣听到钟声，抬起头来，心中突然雪亮，仿佛眼前的黑布被揭开，心灵的障壁被击穿，所有的线索突然以从未想象过的方式联结起来。无人的剧场，对准虚空的枪口，失败的高维模型，理论中的脑桥，致命的演出，《九个地球》，消失的小静。

他缓缓站起身，凝视着剧场，和天地万物。

三声。

犯人还没有出现，表演还没有开始。这不正常，这不可能。廿九握紧了拳头。

还是说，表演已经开始了？

这个想法进入廿九脑海的那一刹那，他意识到了不对。

难道这是……

观顶？

廿九心中一亮，但为时已晚。

电光火石的瞬间，段垣领悟了。

他理解了她要告诉他的一切。

我们生活在一个真实的宇宙。

他的程序没有失败，而是得出了正确的结论。

没有外部世界。没有高维时空。没有超级计算机。没有虚拟。没有脑桥。没有潜记忆。没有游戏。没有经验值。没有比赛。没有胜负。没有目的。

也没有退出通道。不管那是什么技术，只不过是结束生命的工具。

人类最终真的战胜了死亡和虚无，创造了一个充满意义的世界。

但又什么都没做。

这果然是宇宙中最伟大的创造。

空白的舞台，这就是关于系统的一切。没有第九场演出，本身就是第九场演出。

段垣举目四望，眼前的一切已经跟以前完全不同，这些乱草，沙子，碎石，大桥，树林，沙滩，建筑，远处传来的海浪声，夜空中的星光，肚里的饥饿感，将要降临的死亡。

全是真的。

他感觉身体里有东西破裂了，或者是脑子里。某种从出生就支撑着他的东西变得支离破碎，血肉模糊。这种痛苦的感觉似曾相识，它就像一把钥匙，一把开启记忆里某个被封印的角落的钥匙。

毫无预兆地，汹涌的记忆突然从那个角落涌出。迷雾消散，时间逆流。

段垣认识她的时候，她只有九岁。

她很小就看透了一切，但又不能告诉任何人，只能把自己封闭起来，人们都以为她是自闭，而她几乎要死于疯狂的压抑。

幸运的是，她遇见了段垣。他有一种能力，或者缺陷，当一段经历让他害怕时，他就会把它忘掉。这样，她就不会担心无意间泄露秘密。她终于获得了倾吐的自由，而他成了她最重要的人。

段垣从小热衷科学，他几乎只有一个梦想：解开这个世界的秘密。她虽然担心，但终于还是被他的执着打动，决定让他实现愿望，彻见一切。

即使这可能意味着永远的离别。

只有主动的领悟，才有生存的可能。她以无比的耐心和精妙的手法，仔细调整段垣的潜意识状态，在合适的时候让真相浮出到意识层面，接下来就看他自己的选择了。

但真相蕴含着生理的死亡，对普通玩家而言，死亡是绝对致命的毒药。他们从小不需要面对死亡的威胁，也就没有死亡的观念，从来没有形成过抵御死亡的心理盔甲，当他们知道游戏结束就是一切的终点时，没有人能承受这种极度的虚无和恐惧。

每次，段垣都无法接受现实而选择了遗忘。不但忘了现实，也忘了她。

他唯一记得的是对真相的渴望，每一次都会变得更加强烈。

她只能寻找机会，再次接近他，开始下一次的轮回。

段垣已经数不清跟她重新开始过多少次，每一次都相似而又独特，所有的回忆一起涌入意识，无数场景穿插重叠，他已经无法分辨哪段记忆属于哪次恋情，因为女主角都是同一个人。

但这次，是最后一次了。这次她的名字叫小静。

他记起上一次，她夺过他的手机，把自己的名字从“翔”改成“羽”。

“喂，你干吗，阿翔不是挺好的吗？”

“你别管，总之以后叫我阿羽。”她调皮地笑着，“那个字，现在不太好了。”

这是上次残留的唯一记忆。

段垣感到它正像流沙一样，慢慢从指尖滑走。

抓住它。否则，这次就是永别。

抓住它。